これさえあれば、日本の旅は安心！

邊玩邊學！

旅遊日語，帶這本就夠了！

こんどうともこ、王愿琦　著

元氣日語編輯小組　總策劃

如何使用本書

音檔序號
特聘名師錄製，您也可以說出一口標準又自然的日文！

場景
標示在哪個地點、哪一種狀況，會用到此句型！

基本代換句型
只要把單字套進句型裡，溝通沒問題！

代換單字&中文翻譯
出國前先背好單字，需要時便能運用自如！

羅馬拼音
全書日文皆附上羅馬拼音，緊張時也開得了口！

MP3-7

駅（えき） e.ki 車站

改札口（かいさつぐち）はどこですか。

ka.i.sa.tsu.gu.chi wa do.ko de.su ka 剪票口在哪裡呢？

把以下單字套進 □，開口說說看！

案内所（あんないじょ） a.n.na.i.jo 詢問處	切符売り場（きっぷうりば） ki.p.pu.u.ri.ba 售票處	プラットホーム pu.ra.t.to.ho.o.mu 月台
みどりの窓口（まどぐち） mi.do.ri no ma.do.gu.chi 綠色窗口	精算機（せいさんき） se.e.sa.n.ki 補票機	キヨスク ki.yo.su.ku 月台上的小賣店

24

STEP 3.

こうつう
交通

交通

えき 駅 車站　　ちかてつ 地下鉄 地下鐵

きっぷうりば 切符売り場 售票處　　タクシー 計程車

バス 公車　　きゃくせん 客船 觀光船

您要搭乘JR？地下鐵？公車？計程車？還是觀光船？面對五花八門的交通工具，只要有這本書，您也可以「我行我素」！

篇名

鎖定「準備篇」、「機場篇」、「交通篇」、「住宿篇」、「用餐篇」、「觀光篇」、「購物篇」、「困擾篇」八大主題，讓您帶著日語，日本四處趴趴走！

跟日本人說說看！

わたし wa.ta.shi 我	： ：	すみません。 su.mi.ma.se.n 對不起。
日本人（にほんじん） ni.ho.n.ji.n 日本人	： ：	はい。 ha.i 是。
わたし wa.ta.shi 我	： ：	改札口（かいさつぐち）はどこですか。 ka.i.sa.tsu.gu.chi wa do.ko de.su ka 剪票口在哪裡呢？
日本人（にほんじん） ni.ho.n.ji.n 日本人	： ：	ここをまっすぐ行（い）って、右（みぎ）を曲（ま）がるとありますよ。 ko.ko o ma.s.su.gu i.t.te mi.gi o ma.ga.ru to a.ri.ma.su yo 這裡直走，向右轉就是了喔。
わたし wa.ta.shi 我	： ：	どうも。 do.o.mo 謝謝。

交通篇　住宿篇　用餐篇　觀光篇　購物篇　困擾篇

跟日本人說說看

運用基本句型，您也可以開口和日本人對話看看！

漫遊日本Q&A！ 綠色窗口

Q：什麼是綠色窗口？

A 宣導環保的地方　B 洗手間　C 無障礙空間　D JR服務窗口

走進日本較大的車站，您會發現寫著「みどりの窓口（まどぐち）」（綠色窗口）的招牌。什麼是綠色窗口呢？就是所謂的「JR服務窗口」。

日本的鐵路可分為「國營鐵道」以及地區性的「私營鐵道」。其中國營鐵道簡稱「JR」，而綠色窗口就是它的服務窗口。在綠色窗口，除了可以購買JR的各種車票外，還可以自由取閱各式精美觀光旅遊資料。此外，JR還會配合季節，推出各種車票＋住宿的套票，物美價廉，值得試試喔！

答案：D　　25

漫遊日本Q&A

小小測驗，看您對日本的了解有多少！

導遊的話

哪裡好玩？哪裡好吃？哪裡好買？到日本哪裡要注意？且聽聽駐日資深導遊的小小叮嚀！

目次

如何掃描 QR Code 下載音檔

1. 以手機內建的相機或是掃描 QR Code 的 App 掃描封面的 QR Code。
2. 點選「雲端硬碟」的連結之後，進入音檔清單畫面，接著點選畫面右上角的「三個點」。
3. 點選「新增至「已加星號」專區」一欄，星星即會變成黃色或黑色，代表加入成功。
4. 開啟電腦，打開您的「雲端硬碟」網頁，點選左側欄位的「已加星號」。
5. 選擇該音檔資料夾，點滑鼠右鍵，選擇「下載」，即可將音檔存入電腦。

說說看

楽しみ！！好期待！！

STEP 1.

準備（じゅんび）

準備

荷造り（にづくり） 打包行李

チェック 確認

行前要準備些什麼？
從隨身物品、到重要證件，
對著本單元一一確認，就錯不了囉！

MP3-1

荷造り（にづくり） ni.zu.ku.ri 打包行李

スーツケースの中（なか）に 本（ほん） を入（い）れます。

su.u.tsu.ke.e.su no na.ka ni ho.n o i.re.ma.su

行李箱裡面放 書 。

臥籠崗包子 四平店

把以下單字套進 ▭ ，開口說說看！

薬（くすり） ku.su.ri 藥	タオル ta.o.ru 毛巾	石けん（せっけん） se.k.ke.n 香皂
歯ブラシ（はブラシ） ha.bu.ra.shi 牙刷	着替え（きがえ） ki.ga.e 換洗衣物	歯磨き粉（はみがきこ） ha.mi.ga.ki.ko 牙膏

跟日本人說說看！

友達（ともだち）	：	**日本へ行く準備はできましたか。**（にほん、い、じゅんび）
to.mo.da.chi		ni.ho.n e i.ku ju.n.bi wa de.ki.ma.shi.ta ka
朋友	：	到日本的準備都好了嗎？
わたし	：	**はい。**
wa.ta.shi		ha.i
我	：	是的。
友達（ともだち）	：	**その小さいバッグの中に何を入れますか。**（ちい、なか、なに、い）
to.mo.da.chi		so.no chi.i.sa.i ba.g.gu no na.ka ni na.ni o i.re.ma.su ka
朋友	：	那個小包包裡放什麼呢？
わたし	：	**財布を入れます。**（さいふ、い）
wa.ta.shi		sa.i.fu o i.re.ma.su
我	：	放錢包。

漫遊日本Q&A！認識日本

Q：下列日本哪一個大都市不臨海？

A 東京　B 大阪　C 京都　D 名古屋

四季皆美、充滿魅力的日本，每年吸引無數的觀光客前往朝聖。

日本的行政區域依「一都一道二府四十三縣」劃分，也就是所謂的「東京都」、「北海道」、「大阪府」和「京都府」、以及其他四十三縣。其中東京都是日本的首都，人口高達一千三百多萬人，也是日本最大的城市。第二大都市，是人口八百多萬、位於關西的大阪。第三到第八大都市，則分別為橫濱、京都、名古屋、札幌、神戶、福岡。由於日本是典型的島國，所以其中除了札幌和京都不臨海之外，其餘都是港都。

答案：C

チェック che.k.ku 確認

なか
バッグの中に
さいふ
財布がありります。

ba.g.gu no na.ka ni sa.i.fu ga a.ri.ma.su

包包的裡面有 錢包 。

把以下單字套進 ☐ ，開口說說看！

ナプキン
na.pu.ki.n
衛生棉

こうくうけん
航空券
ko.o.ku.u.ke.n
機票

デジカメ
de.ji.ka.me
數位相機

ひげそり
hi.ge.so.ri
刮鬍刀

クレジットカード
ku.re.ji.t.to.ka.a.do
信用卡

ガイドブック
ga.i.do.bu.k.ku
旅行指南

跟日本人說說看！

友達（ともだち） ： 忘（わす）れものはないですか。
to.mo.da.chi wa.su.re.mo.no wa na.i de.su ka
朋友 ： 沒有忘了東西吧？

わたし ： バッグの中（なか）にパスポートがあります。
wa.ta.shi ba.g.gu no na.ka ni pa.su.po.o.to ga a.ri.ma.su

航空券（こうくうけん）があります。
ko.o.ku.u.ke.n ga a.ri.ma.su

クレジットカードがあります。
ku.re.ji.t.to.ka.a.do ga a.ri.ma.su

我 ： 包包的裡面有護照。
有機票。
有信用卡。

漫遊日本Q&A！ 行前準備

Q：日本的電壓是幾伏特？

A 100伏特　B 110伏特　C 220伏特　D 240伏特

到日本要帶什麼證件呢？由於持有台灣護照者，到日本享有九十天的免簽證入境，所以您只要記得帶護照、機票就好了。

除了證件以及必備換洗衣物、用品之外，建議您在行前還可以上網調查當地的天氣，為自己加減衣物。此外並留心是不是會遇到當地的慶典，運氣好的話，還可以湊湊熱鬧。另外提醒您日本的電壓是100伏特，台灣的110伏特吹風機在日本也能用。至於國人愛吃的肉類及水果，因為容易夾帶病菌，所以是嚴禁帶進去的喔！

答案：A

說說看

いってきます！出門了！

STEP 2.

空港（くうこう）

機場

入国審査（にゅうこくしんさ） 入國審查

荷物の受け取り（にもつのうけとり） 領取行李

税関（ぜいかん） 海關

両替所（りょうがえじょ） 貨幣兌換處

搭飛機抵達日本，要如何出關呢？
從入國審查、領取行李、一直到兌換
日幣，只要詳讀本單元，就可以暢行
無阻，順利出關！

MP3-3

入国審査（にゅうこくしんさ） nyu.u.ko.ku shi.n.sa 入國審査

観光（かんこう）に来（き）ました。

ka.n.ko.o ni ki.ma.shi.ta　來觀光。

把以下單字套進 ＿＿，開口說說看！

研修（けんしゅう） ke.n.shu.u 研修	遊（あそ）び a.so.bi 遊玩	勉強（べんきょう） be.n.kyo.o 讀書
親戚（しんせき）を訪問（ほうもん）するため shi.n.se.ki o ho.o.mo.n.su.ru ta.me 是為了拜訪親戚	見学（けんがく） ke.n.ga.ku 見習	友達（ともだち）に会（あ）い to.mo.da.chi ni a.i 找朋友

跟日本人說說看！

入国審査官（にゅうこくしんさかん） nyu.u.ko.ku.shi.n.sa.ka.n	：	パスポートと入国（にゅうこく）カードを見（み）せてください。 pa.su.po.o.to to nyu.u.ko.ku.ka.a.do o mi.se.te ku.da.sa.i 旅行（りょこう）の目的（もくてき）は何（なん）ですか。 ryo.ko.o no mo.ku.te.ki wa na.n de.su ka
入國審查官	：	請讓我看護照和入境卡。 旅行的目的是什麼呢？
わたし wa.ta.shi	：	**観光（かんこう）に来（き）ました。** ka.n.ko.o ni ki.ma.shi.ta
我	：	來觀光。
入国審査官（にゅうこくしんさかん） nyu.u.ko.ku.shi.n.sa.ka.n	：	日本（にほん）にはどのくらい滞在（たいざい）しますか。 ni.ho.n ni wa do.no ku.ra.i ta.i.za.i.shi.ma.su ka
入國審查官	：	在日本會停留多久呢？
わたし wa.ta.shi	：	**一週間（いっしゅうかん）です。** i.s.shu.u.ka.n de.su
我	：	一星期。

漫遊日本Q&A！台灣到日本的航線

Q：台灣飛到日本東京，要多久呢？

A 一小時　B 二小時　C 三小時　D 六小時

日本和台灣隔著太平洋，遠在天邊，卻又近在眼前。從桃園機場到東京，只要短短三個小時前後，即可抵達。目前台灣直飛日本的有「中華航空」（チャイナエアライン）、「長榮航空」（エバー航空（こうくう））、「新加坡航空」（シンガポール航空（こうくう））、「全日空」（ANA）、「國泰航空」（キャセイパシフィック航空（こうくう））等航空公司。依航線不同，可以直飛東京「成田機場」或「羽田機場」、大阪「關西機場」、名古屋「中部機場」、北海道札幌「新千歲機場」、九州福岡「福岡機場」、關西「廣島機場」、沖繩「那霸機場」等等，很方便呢！

答案：C

MP3-4

荷物（にもつ）の受（う）け取（と）り ni.mo.tsu no u.ke.to.ri 領取行李

カートはどこにありますか。

ka.a.to wa do.ko ni a.ri.ma.su ka

推車在哪裡呢？

把以下單字套進 ▭，開口說說看！

トイレ
to.i.re
廁所

ターンテーブル
ta.a.n.te.e.bu.ru
行李輸送帶

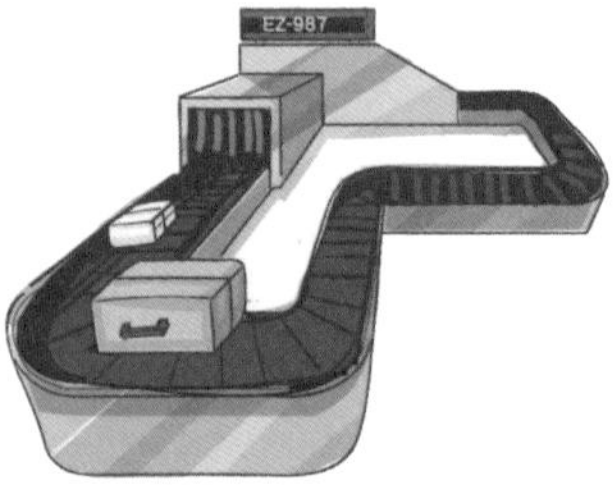

両替所（りょうがえじょ）
ryo.o.ga.e.jo
貨幣兌換處

検疫所（けんえきじょ）
ke.n.e.ki.jo
檢疫所

クレームカウンター
ku.re.e.mu.ka.u.n.ta.a
提領行李申訴櫃檯

水飲（みずの）み場（ば）
mi.zu.no.mi.ba
飲水處

跟日本人說說看！

わたし	：	**クレームカウンターはどこにありますか。**
wa.ta.shi		ku.re.e.mu.ka.u.n.ta.a wa do.ko ni a.ri.ma.su ka
我	：	提領行李申訴櫃檯在哪裡呢？
係(かか)りの人(ひと)	：	**どうしましたか。**
ka.ka.ri no hi.to		do.o.shi.ma.shi.ta ka
工作人員	：	怎麼了嗎？
わたし	：	**荷物(にもつ)が届(とど)いてないんですが。**
wa.ta.shi		ni.mo.tsu ga to.do.i.te na.i n de.su ga
我	：	行李沒有送到……。
係(かか)りの人(ひと)	：	**クレームタグを見(み)せていただけますか。**
ka.ka.ri no hi.to		ku.re.e.mu.ta.gu o mi.se.te i.ta.da.ke.ma.su ka
工作人員	：	能讓我看行李牌嗎？
わたし	：	**はい、これです。**
wa.ta.shi		ha.i ko.re de.su
我	：	好，就是這個。

漫遊日本Q&A！ 入關注意事項

Q：入境日本時，必須接受哪一種審查？

A 採取指紋　B 拍照　C 審查官審查　D 以上皆是

抵達日本，下了飛機之後，請準備好「護照」，並拿出「入境卡」（**外国人入国記録(がいこくじんにゅうこくきろく)**）以及「海關申請書」（**税関申告書(ぜいかんしんこくしょ)**）準備進入海關。包括姓名、出生年月日、國籍、護照號碼、入境班機、目的、預定停留時間等等必須填寫的項目，最好在飛機上就填妥。另外也可以事先上網使用「Visit Japan Web」來填寫。

此外，自二〇〇七年十一月二十日起，凡申請入境日本的外國人，除了未滿十六歲以下的孩童、特別永住者、從事符合「外交」及「公務」的在留資格活動者等等之外，在入境審查時，皆需經過專用機器「採取指紋」以及「拍攝臉部照片」，之後再接受「入境審查官的審查」，才能入境，讀者要有心理準備。

答案：D

税関（ぜいかん） ze.e.ka.n 海關

それは ウーロン茶（ちゃ） です。

so.re wa u.u.ro.n.cha de.su 那是 烏龍茶 。

把以下單字套進 □，開口說說看！

からすみ ka.ra.su.mi 烏魚子	漢方薬（かんぽうやく） ka.n.po.o.ya.ku 中藥	月餅（ゲッペイ） ge.p.pe.e 月餅
パイナップルケーキ pa.i.na.p.pu.ru.ke.e.ki 鳳梨酥	ドライフルーツ do.ra.i.fu.ru.u.tsu 水果乾	すいかの種（たね） su.i.ka no ta.ne 黑瓜子

跟日本人說說看！

係りの人 ka.ka.ri no hi.to	：	スーツケースの中を見せてください。 su.u.tsu.ke.e.su no na.ka o mi.se.te ku.da.sa.i これは何ですか。 ko.re wa na.n de.su ka
工作人員	：	請讓我看行李箱裡面。 這是什麼？
わたし wa.ta.shi	：	それは漢方薬です。 so.re wa ka.n.po.o.ya.ku de.su
我	：	那是中藥。
係りの人 ka.ka.ri no hi.to	：	何か申告するものはありますか。 na.ni ka shi.n.ko.ku.su.ru mo.no wa a.ri.ma.su ka
工作人員	：	有沒有要申報的東西？
わたし wa.ta.shi	：	いいえ、ありません。 i.i.e a.ri.ma.se.n
我	：	不，沒有。

漫遊日本Q&A！赴日伴手禮

Q：最受日本人喜愛的台灣名產為何？

A 鳳梨酥　B 烏龍茶　C 烏魚子　D 以上皆是

一般人到國外旅行，擔心不習慣當地飲食，都會帶一些泡麵解饞，但是到日本，大可省下這個行李空間，因為日本泡麵不但種類繁多，而且美味極了。

如果到日本是出差或是拜訪友人，別忘了帶些台灣名產當作伴手禮，一來不會失禮，二來還可以做做國民外交。

根據網路調查，最受日本人歡迎的台灣名產，大致逃不過「鳳梨酥」、「烏龍茶」、「烏魚子」、「XO醬」幾項，選擇包裝精美的，會更受歡迎喔！至於「蜜餞類」、「中藥類」等，是日本人比較「苦手」（吃不慣），應盡量避免。

答案：D

MP3-6

りょうがえじょ
両替所 ryo.o.ga.e.jo 貨幣兌換處

たいわん　　　　　にほんえん
台湾ドル を日本円に
か
替えてもらえますか。

ta.i.wa.n.do.ru o ni.ho.n.e.n ni ka.e.te mo.ra.e.ma.su ka

可以把 台幣 換成日圓嗎？

把以下單字套進 ☐，開口說說看！

べい
米ドル
be.e.do.ru
美元

カナダドル
ka.na.da.do.ru
加拿大幣

ちゅうごくげん
中国元
chu.u.go.ku.ge.n
人民幣

ホンコン
香港ドル
ho.n.ko.n.do.ru
港幣

ユーロ
yu.u.ro
歐元

タイバーツ
ta.i.ba.a.tsu
泰銖

跟日本人說說看！

わたし wa.ta.shi 我	： ：	台湾ドルを日本円に替えてもらえますか。 ta.i.wa.n.do.ru o ni.ho.n.e.n ni ka.e.te mo.ra.e.ma.su ka 可以把台幣換成日圓嗎？
係りの人 ka.ka.ri no hi.to 工作人員	： ：	はい。 ha.i 好的。
わたし wa.ta.shi 我	： ：	小銭を混ぜてください。 ko.ze.ni o ma.ze.te ku.da.sa.i 請摻雜小鈔。
係りの人 ka.ka.ri no hi.to 工作人員	： ：	はい。少々お待ちください。 ha.i sho.o.sho.o o ma.chi ku.da.sa.i 好的，請稍等。

漫遊日本Q&A！ 日本的貨幣

Q：日本貨幣中，最大面額是多少？

A 一萬日圓　B 五千日圓　C 二千日圓　D 一千日圓

在日本消費，不能使用台幣和美金。雖然可以使用信用卡，但是手頭上還是要準備日幣，在搭車、到便利商店購物、或是買小東西時才方便。

日本的紙鈔面額有四種，分別是一萬日圓、五千日圓、二千日圓、和一千日圓。至於硬幣，則有五百日圓、一百日圓、五十日圓、十日圓、五日圓、一日圓六種。目前台幣和日圓匯率，大約為一比三，也就是三千多塊台幣，大約可以兌換一萬日圓。可別看一萬日圓好像很多喔！在物價高漲的日本，一萬日圓一旦找開，可是很容易花光的！

答案：A

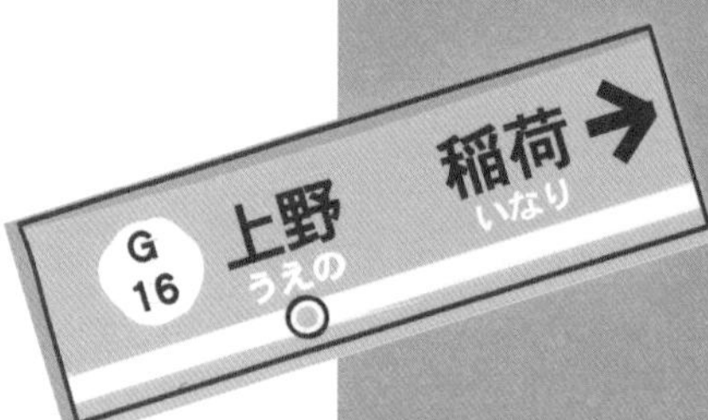

說說看

道（みち）に迷（まよ）っちゃった。 不小心迷路了。

STEP 3.

交通（こうつう）

交通

駅（えき） 車站

地下鉄（ちかてつ） 地下鐵

切符売り場（きっぷうりば） 售票處

タクシー 計程車

バス 公車

客船（きゃくせん） 觀光船

您要搭乘JR？地下鐵？公車？計程車？
還是觀光船？
面對五花八門的交通工具，只要有這本書，您也可以「我行我素」！

MP3-7

駅（えき） e.ki 車站

改札口（かいさつぐち）はどこですか。

ka.i.sa.tsu.gu.chi wa do.ko de.su ka 剪票口 在哪裡呢？

把以下單字套進 ☐，開口說說看！

案内所（あんないじょ）
a.n.na.i.jo
詢問處

切符売り場（きっぷうりば）
ki.p.pu.u.ri.ba
售票處

プラットホーム
pu.ra.t.to.ho.o.mu
月台

みどりの窓口（まどぐち）
mi.do.ri no ma.do.gu.chi
綠色窗口

精算機（せいさんき）
se.e.sa.n.ki
補票機

キヨスク
ki.yo.su.ku
月台上的小賣店

跟日本人說說看！

わたし　：　すみません。
wa.ta.shi　su.mi.ma.se.n
我　：　對不起。

日本人　：　はい。
ni.ho.n.ji.n　ha.i
日本人　：　是。

わたし　：　改札口はどこですか。
wa.ta.shi　ka.i.sa.tsu.gu.chi wa do.ko de.su ka
我　：　剪票口在哪裡呢？

日本人　：　ここをまっすぐ行って、右を曲がるとありますよ。
ni.ho.n.ji.n　ko.ko o ma.s.su.gu i.t.te mi.gi o ma.ga.ru to a.ri.ma.su yo
日本人　：　這裡直走，向右轉就是了喔。

わたし　：　どうも。
wa.ta.shi　do.o.mo
我　：　謝謝。

漫遊日本Q&A！ 綠色窗口

Q：什麼是綠色窗口？

A 宣導環保的地方　B 洗手間　C 無障礙空間　D JR服務窗口

走進日本較大的車站，您會發現寫著「みどりの窓口」（綠色窗口）的招牌。什麼是綠色窗口呢？就是所謂的「JR服務窗口」。

日本的鐵路可分為「國營鐵道」以及地區性的「私營鐵道」。其中國營鐵道簡稱「JR」，而綠色窗口就是它的服務窗口。在綠色窗口，除了可以購買JR的各種車票外，還可以自由取閱各式精美觀光旅遊資料。此外，JR還會配合季節，推出各種車票＋住宿的套票，物美價廉，值得試試喔！

答案：D

切符売り場（きっぷうりば） ki.p.pu.u.ri.ba 售票處

自由席（じゆうせき）を2枚（にまい）ください。

ji.yu.u.se.ki o ni.ma.i ku.da.sa.i 請給我兩張 自由座 。

把以下單字套進 ▭，開口說說看！

往復切符（おうふくきっぷ）
o.o.fu.ku.ki.p.pu
來回票

一日券（いちにちけん）
i.chi.ni.chi.ke.n
一日券

指定席（していせき）
shi.te.e.se.ki
對號座

グリーン席（せき）
gu.ri.i.n.se.ki
綠席
（商務車廂）

片道切符（かたみちきっぷ）
ka.ta.mi.chi.ki.p.pu
單程票

周遊券（しゅうゆうけん）
shu.u.yu.u.ke.n
周遊券

跟日本人說說看！

わたし wa.ta.shi 我	： ：	**名古屋（なごや）までの往復切符（おうふくきっぷ）を1枚（いちまい）ください。** na.go.ya ma.de no o.o.fu.ku.ki.p.pu o i.chi.ma.i ku.da.sa.i 請給我一張到名古屋的來回票。
売り場（うりば）の人（ひと） u.ri.ba no hi.to 販售處的人	： ：	**名古屋（なごや）までの往復切符（おうふくきっぷ）を1枚（いちまい）ですね。** na.go.ya ma.de no o.o.fu.ku.ki.p.pu o i.chi.ma.i de.su ne 一張到名古屋的來回車票對吧？
わたし wa.ta.shi 我	： ：	**はい。** ha.i 是的。
売り場（うりば）の人（ひと） u.ri.ba no hi.to 販售處的人	： ：	**かしこまりました。少々（しょうしょう）お待（ま）ちください。** ka.shi.ko.ma.ri.ma.shi.ta sho.o.sho.o o ma.chi ku.da.sa.i **1万2780円（いちまんにせんななひゃくはちじゅうえん）になります。** i.chi.ma.n.ni.se.n.na.na.hya.ku.ha.chi.ju.u e.n ni na.ri.ma.su 好的。請稍等。 是一萬二千七百八十日圓。

漫遊日本Q&A！自由席・指定席・綠席

Q：日本鐵路中，哪一種座位票價最高？

A 自由席　B 指定席　C 綠席　D 都一樣

日本鐵路中，「**自由席（じゆうせき）**」是不劃位、有位子就坐、沒位子可能一路站到底的票，所以在月台上大排長龍的，通常是準備上自由席車廂的旅客。而「**指定席（していせき）**」則是對號入座的位子，有位子坐，票價當然高一些。至於票價最高的，就屬「**グリーン席（せき）**」（綠席）了。之所以會叫綠席，乃因為日本以前頭等車廂的座位邊，都會塗上綠色的標誌。時至今日，綠席的座位旁不再有綠色標誌，但是座位依舊寬廣，連服務項目也不一樣，所以把「**グリーン席（せき）**」翻譯成「頭等席」，應該更貼切吧！

答案：C

MP3-9

バス ba.su 公車

次（つぎ）で降（お）ります。

tsu.gi de o.ri.ma.su　在 下一站 下車。

把以下單字套進 ☐，開口說說看！

2つ目（ふた）
fu.ta.tsu.me
第二站

ここ
ko.ko
這裡

駅前（えきまえ）
e.ki.ma.e
車站前面

デパート前（まえ）
de.pa.a.to.ma.e
百貨公司前面

渋谷駅（しぶやえき）
shi.bu.ya.e.ki
澀谷車站

あそこ
a.so.ko
那裡

跟日本人說說看！

わたし wa.ta.shi 我	：	**次はどこですか。** tsu.gi wa do.ko de.su ka 下一站是哪裡呢？
運転手 u.n.te.n.shu 駕駛	：	**秋葉原です。** a.ki.ha.ba.ra de.su 秋葉原。
わたし wa.ta.shi 我	：	**古本屋街はまだですか。** fu.ru.ho.n.ya.ga.i wa ma.da de.su ka 舊書店街還沒到嗎？
運転手 u.n.te.n.shu 駕駛	：	**もう過ぎましたよ。** mo.o su.gi.ma.shi.ta yo 已經過了喔。
わたし wa.ta.shi 我	：	**えっ。じゃ、ここで降ります！** e.t ja ko.ko de o.ri.ma.su 什麼？那，我在這裡下！

漫遊日本Q&A！ 日本的公車

Q：日本的公車，一段票要多少錢？

A 約台幣20元　　B 約台幣50元

C 約台幣100元　　D 依搭乘站數計費

搭乘日本公車很享受。因為不但有穿著筆挺的駕駛為大家服務，而且不管右轉還是左彎，駕駛都會事先用麥克風，溫柔地通知大家。此外車子若還沒有到站，駕駛不要大家離席走到門口，因為他們擔心行進中，乘客有可能跌倒。而車子到站時，駕駛不但會吩咐慢慢來，投幣也有找零，下車時還會聽到「謝謝搭乘」。

這麼好的服務，要付多少錢呢？其計費方式和台灣不同，是依「搭乘站數」計算。所以乘客一上車，要立刻拿「整理券」，因為駕駛是用整理券上的號碼，在乘客下車時，判斷乘客搭幾站、要付多少錢。

答案：D

ちかてつ
地下鉄 chi.ka.te.tsu 地下鐵

あきはばら
秋葉原へはどうやって
い
行ったらいいですか。

a.ki.ha.ba.ra e wa do.o ya.t.te i.t.ta.ra i.i de.su ka

到秋葉原，要怎麼去比較好呢？

把以下單字套進 ▭，開口說說看！

はらじゅく
原宿
ha.ra.ju.ku
原宿

ぎんざ
銀座
gi.n.za
銀座

しながわ
品川
shi.na.ga.wa
品川

うえの
上野
u.e.no
上野

あかさか
赤坂
a.ka.sa.ka
赤坂

よこはま
横浜
yo.ko.ha.ma
橫濱

跟日本人說說看！

わたし ： 赤坂（あかさか）へはどうやって行（い）ったらいいですか。
wa.ta.shi a.ka.sa.ka e wa do.o ya.t.te i.t.ta.ra i.i de.su ka
我 ： 到赤坂，要怎麼去比較好呢？

駅員（えきいん） ： 次（つぎ）の駅（えき）で降（お）りて、千代田線（ちよだせん）に乗（の）り換（か）えてください。
e.ki.i.n tsu.gi no e.ki de o.ri.te chi.yo.da.se.n ni no.ri.ka.e.te ku.da.sa.i
站務員 ： 請在下一站下車，換千代田線。

わたし ： どうも。
wa.ta.shi do.o.mo
我 ： 謝謝。

アナウンス ： まもなく電車（でんしゃ）が参（まい）ります。
a.na.u.n.su ma.mo.na.ku de.n.sha ga ma.i.ri.ma.su
白線（はくせん）の内側（うちがわ）までお下（さ）がりください。
ha.ku.se.n no u.chi.ga.wa ma.de o.sa.ga.ri ku.da.sa.i
廣播 ： 電車馬上進站。
請退到白線內側。

漫遊日本Q&A！ 日本的電車

Q：東京的電車中，哪一條路線呈環狀運行？

A 山手線 B 銀座線 C 丸之內線 D 有樂町線

日本各大都市都有電車，例如東京、橫濱、大阪、京都、名古屋、福岡、仙台等等都市都有。其中以東京的電車最為複雜，包括「東京地鐵」的銀座線、丸之內線、日比谷線、東西線、千代田線、有樂町線、半藏門線、南北線等八條線路，以及「都營線」的淺草線、三田線、新宿線、大江戶線等四條線路，還有大名鼎鼎、呈環狀運行的「JR山手線」。這些線路密密麻麻，如同蜘蛛網般交錯，儘管如此，尖峰時間還是擠滿人潮，必須依賴地鐵站務員推擠，才搭得上車，建議您避開。

答案：A

MP3-11

タクシー ta.ku.shi.i 計程車

新宿駅（しんじゅくえき）までお願（ねが）いします。

shi.n.ju.ku ma.de o.ne.ga.i.shi.ma.su　麻煩到 新宿車站 。

把以下單字套進 ▭ ，開口說說看！

浅草寺（せんそうじ） se.n.so.o.ji 淺草寺	東京（とうきょう）ドーム to.o.kyo.o.do.o.mu 東京巨蛋	表参道（おもてさんどう） o.mo.te.sa.n.do.o 表參道
六本木（ろっぽんぎ）ヒルズ ro.p.po.n.gi.hi.ru.zu 六本木Hills	東京（とうきょう）タワー to.o.kyo.o.ta.wa.a 東京鐵塔	築地（つきじ） tsu.ki.ji 築地

跟日本人說說看！

わたし wa.ta.shi 我	： ：	ワシントンホテルまでお願(ねが)いします。 wa.shi.n.to.n.ho.te.ru ma.de o.ne.ga.i.shi.ma.su 麻煩到華盛頓飯店。
運転手(うんてんしゅ) u.n.te.n.shu 駕駛	： ：	はい、かしこまりました。 ha.i ka.shi.ko.ma.ri.ma.shi.ta 好的，知道了。
わたし wa.ta.shi 我	： ：	右手(みぎて)に見(み)える大(おお)きな建物(たてもの)はなんですか。 mi.gi.te ni mi.e.ru o.o.ki.na ta.te.mo.no wa na.n de.su ka 右手邊看得到的大型建築物是什麼呢？
運転手(うんてんしゅ) u.n.te.n.shu 駕駛	： ：	表参道(おもてさんどう)ヒルズです。 o.mo.te.sa.n.do.o.hi.ru.zu de.su 表參道Hills。
わたし wa.ta.shi 我	： ：	すみません、ここで降(お)ろしてください。 su.mi.ma.se.n ko.ko de o.ro.shi.te ku.da.sa.i 對不起，請讓我在這裡下車。

漫遊日本Q&A！ 日本的計程車

Q：日本東京（23區內）的計程車，起跳大約需要多少錢？

A 約100日圓　　B 約300日圓

C 約500日圓　　D 約800日圓

日本計程車的收費方式和台灣大同小異，雖然有「依距離收費」、「定額收費」等，但大部分也都是先有起跳費用，然後再依里程跳表，夜間有加成，但是不需要支付小費。

在日本搭計程車所費不貲，起跳費用各地雖有不同，但大致是前一一〇〇公尺為五百日圓前後，而之後每二六〇公尺，則是跳表一百日圓左右，所以搭趟計程車，花費數千、上萬日圓是常有的事。

另外要提醒大家，搭乘日本計程車時，不管上、下車，都不要自己開關門喔！因為在日本，計程車有自動開關門服務。

答案：C

MP3-12

きゃくせん
客船 kya.ku.se.n 觀光船

なか　しょくじ
中で 食事 がてきます。

na.ka de sho.ku.ji ga de.ki.ma.su

裡面可以 用餐 。

把以下單字套進 ▭，開口說說看！

しゅくはく
宿泊
shu.ku.ha.ku
住宿

ダンス
da.n.su
跳舞

けっこんしき
結婚式
ke.k.ko.n.shi.ki
結婚典禮

ギャンブル
gya.n.bu.ru
賭博

かいぎ
会議
ka.i.gi
開會

パーティー
pa.a.ti.i
宴會

跟日本人說說看！

わたし wa.ta.shi 我	： ：	客船の中で食事ができますか。 kya.ku.se.n no na.ka de sho.ku.ji ga de.ki.ma.su ka 觀光客船裡可以用餐嗎？
従業員 ju.u.gyo.o.i.n 工作人員	： ：	はい、できます。ほかにゲームなどもお楽しみいただけます。 ha.i de.ki.ma.su ho.ka ni ge.e.mu na.do mo o ta.no.shi.mi i.ta.da.ke.ma.su 是的，可以。其他還可以玩遊戲等等。
わたし wa.ta.shi 我	： ：	そうですか。いくらですか。 so.o de.su ka i.ku.ra de.su ka 那樣啊！要多少錢呢？
従業員 ju.u.gyo.o.i.n 工作人員	： ：	夜のコースですと、お一人様８９８０円になります。 yo.ru no ko.o.su de.su to o hi.to.ri.sa.ma ha.s.se.n.kyu.u.hya.ku.ha.chi.ju.u e.n ni na.ri.ma.su 夜晚行程的話，一個人八千九百八十日圓。
わたし wa.ta.shi 我	： ：	じゃ、大人2人と子供2人で。 ja o.to.na fu.ta.ri to ko.do.mo fu.ta.ri de 那麼，二個大人和二個小孩。

漫遊日本Q&A！日本的觀光船

Q：日本本州和四國之間隔著什麼海？

A 東海　B 日本海　C 瀨戶內海　D 輕津海峽

日本由北海道、本州、四國、九州四大島組成，東邊是太平洋，西邊是東海和日本海，本州和四國之間隔著瀨戶內海，是典型的島國，所以航運十分發達。

由於日本幾個大型都市，像東京、大阪、橫濱、神戶、北九州等等都是港都，所以來到日本，您可以選擇搭船抵達這些城市，或是抵達之後參加「遊港灣」、「遊湖」、或是「遊河」行程，一邊用餐、一邊欣賞風景，豈不愜意！尤其是日本每到夏季，各地都會舉辦煙火大會，如果能在船上賞煙火和夜景，那就更棒了！

答案：C

說說看

ゆっくり休（やす）もう。 好好地休息吧！

STEP 4.

しゅくはく
宿泊

住宿

チェックイン 辦理住宿

フロント 櫃檯

かんない
館内 飯店內

ルームサービス 客房服務

今晚投宿的是觀光飯店、還是日式旅館呢？
本單元除了教您如何辦理住宿，
還要和您分享在日本住宿的各種禮節。
讀了住宿篇，就可以放鬆心情，
好好休息囉！

チェックイン che.k.ku i.n 辦理住宿

台湾(たいわん)の 張(ちょう) と申(もう)します。

ta.i.wa.n no cho.o to mo.o.shi.ma.su

我來自台灣，我姓張。

把以下單字套進 ▭ ，開口說說看！

呉(ご) go 吳	李(り) ri 李	葉(よう) yo.o 葉
王(おう) o.o 王	林(りん) ri.n 林	黄(こう) ko.o 黃

跟日本人說說看！

わたし　：　チェックインをお願(ねが)いします。
wa.ta.shi　　che.k.ku i.n o o ne.ga.i shi.ma.su
我　：　我要辦理住宿。

フロント　：　お名前(なまえ)をいただけますか。
fu.ro.n.to　　o na.ma.e o i.ta.da.ke.ma.su ka
櫃檯　：　能告訴我大名嗎？

わたし　：　台湾(たいわん)の李(り)と申(もう)します。
wa.ta.shi　　ta.i.wa.n no ri to mo.o.shi.ma.su
我　：　我來自台灣，我姓李。

フロント　：　かしこまりました。
fu.ro.n.to　　ka.shi.ko.ma.ri.ma.shi.ta
少々(しょうしょう)お待(ま)ちください。
sho.o.sho.o o ma.chi ku.da.sa.i
櫃檯　：　好的。
請稍等。

漫遊日本Q&A！ 日本的住宿

Q：住宿日式房間時，須注意何種禮節？

A 脫鞋後才可入室　　B 脫好的鞋子鞋尖朝內

C 自己鋪床　　D 以上皆是

日本的住宿可分為西式的「飯店」（ホテル）、日式的「旅館」（旅館(りょかん)）。而住宿的客房，也分成鋪著榻榻米的「日式房間」（和室(わしつ)），以及備有一般床鋪的「西式房間」（洋室(ようしつ)）。

住宿日式房間時，須注意在玄關脫鞋後，才可進入，以免弄髒榻榻米。而脫好的鞋子，也必須雙腳併攏、鞋尖朝外，這是日本人的禮節。入門後，工作人員會詢問何時來鋪床，不需要自己動手。至於西式房間，則分為「單人房」（シングルルーム）、「二人房」（ダブルルーム）、「雙人房」（ツインルーム）等等，必須在預約時就決定。

答案：A

フロント fu.ro.n.to 櫃檯

ファミリータイプの部屋(へや)をお願(ねが)いします。

fa.mi.ri.i ta.i.pu no he.ya o o ne.ga.i shi.ma.su

請給我家庭式的房間。

把以下單字套進 ▭，開口說說看！

景色(けしき)のいい
ke.shi.ki no i.i
風景好的

5階(ごかい)から上(うえ)の
go.ka.i ka.ra u.e no
五樓以上的

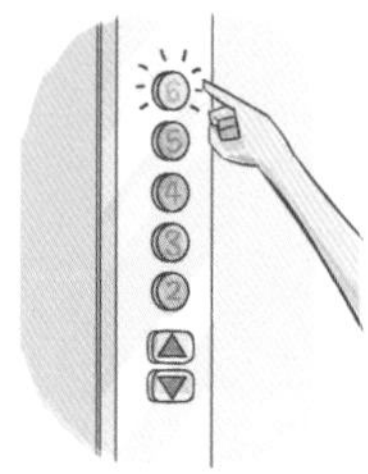

静(しず)かな
shi.zu.ka.na
安靜的

日当(ひあ)たりのいい
hi a.ta.ri no i.i
採光好的

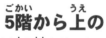

夜景(やけい)がよく見(み)える
ya.ke.e ga yo.ku mi.e.ru
可以好好看到夜景的

海(うみ)が見(み)える
u.mi ga mi.e.ru
看得到海的

跟日本人說說看！

わたし　：　部屋（へや）の希望（きぼう）があるんですが、いいですか。
wa.ta.shi　：　he.ya no ki.bo.o ga a.ru n de.su ga i.i de.su ka
我　：　我有想要的房間，不知道可以嗎？

フロント　：　はい、どのようなお部屋（へや）をご希望（きぼう）ですか。
fu.ro.n.to　：　ha.i do.no yo.o.na o he.ya o go ki.bo.o de.su ka
櫃檯　：　好的，想要什麼樣的房間呢？

わたし　：　海（うみ）が見（み）える部屋（へや）をお願（ねが）いします。
wa.ta.shi　：　u.mi ga mi.e.ru he.ya o o ne.ga.i shi.ma.su
我　：　請給我看得到海的房間。

フロント　：　かしこまりました。
fu.ro.n.to　：　ka.shi.ko.ma.ri.ma.shi.ta
櫃檯　：　好的。

漫遊日本Q&A！ 飯店和旅館提供的物品

Q：日本浴衣的穿法？

A 左襟壓在右襟上　　B 右襟壓在左襟上

C 左右中間對齊　　D 沒有硬性規定

在日本住宿，房間裡已經準備好的牙膏、牙刷、茶包等等，當然可以自由使用。但是如果享用冰箱裡的飲料、零食等等，或是撥打日本國內、國際電話，則須依實際情況，在退房時自行付費。

其中最特別的，是不管是在西式飯店還是日式旅館，房間裡都會附上折疊整齊的「浴衣」（浴衣（ゆかた）），那是方便在睡覺時穿的。提醒親愛的讀者，除了溫泉地的飯店或溫泉之外，其他地方不可以穿浴衣跑來跑去喔！另外，浴衣的穿法是左襟壓在右襟上面。在日本，只有往生者才會把右襟穿在上面，所以可別穿錯囉！

答案：A

かんない
館内 ka.n.na.i 飯店內

なんがい
レストランは何階にありますか。

re.su.to.ra.n wa na.n.ga.i ni a.ri.ma.su ka 餐廳在幾樓呢？

把以下單字套進 ☐，開口說說看！

ばいてん
売店
ba.i.te.n
小賣店

プール
pu.u.ru
游泳池

だいよくじょう
大浴場
da.i.yo.ku.jo.o
大浴場

フィットネスクラブ
fi.t.to.ne.su.ku.ra.bu
健身房

コインランドリー
ko.i.n.ra.n.do.ri.i
投幣式自動洗衣店

カラオケルーム
ka.ra.o.ke.ru.u.mu
卡拉OK室

跟日本人說說看！

わたし wa.ta.shi 我	： ：	**すみません、プールは何階（なんがい）にありますか。** su.mi.ma.se.n pu.u.ru wa na.n.ga.i ni a.ri.ma.su ka 請問，游泳池在幾樓呢？
スタッフ su.ta.f.fu 工作人員	： ：	**7階（ななかい）です。** na.na.ka.i de.su 七樓。
わたし wa.ta.shi 我	： ：	**24時間（にじゅうよじかん）利用（りよう）できますか。** ni.ju.u.yo.ji.ka.n ri.yo.o de.ki.ma.su ka 二十四小時都可以使用嗎？
スタッフ su.ta.f.fu 工作人員	： ：	**いいえ、12時（じゅうにじ）までのオープンです。** i.i.e ju.u.ni.ji ma.de no o.o.pu.n de.su 不是，是開到十二點。
わたし wa.ta.shi 我	： ：	**そうですか。どうも。** so.o de.su ka do.o.mo 那樣啊。謝謝。

漫遊日本Q&A！ 日本泡湯樂趣多

Q：日本泡湯要注意什麼事項？

A 飯後再泡湯　　B 穿游泳衣入池

C 洗淨身體後再入池　　D 用浴巾包住身體入池

說到日本的住宿，最令人興奮的，莫過於住在溫泉飯店或溫泉旅館了。為什麼呢？那是因為除了房間裡面有溫泉外，飯店和旅館還設有大浴場。比較有規模的，甚至還有好幾池溫泉，各池溫度不同，造景也各異其趣，所以能在日本泡湯，真是人生一大樂事。

不過在日本泡湯，要注意幾件事：①飯前和飯後不要泡湯，不然會消化不良；②要脫光衣服才可進去；③全身洗淨後再入池，以免汙染泉水；④不可因為不好意思，就把用來遮身體的浴巾帶進浴池；⑤泡完以後不要沖水，否則可惜了溫泉的效果。

答案：C

MP3-16

ルームサービス ru.u.mu sa.a.bi.su 客房服務

モーニングコール を お願(ねが)いしたいんですが。

mo.o.ni.n.gu.ko.o.ru o o ne.ga.i shi.ta.i n de.su ga

我想要 Morning Call ……。

把以下單字套進 ☐，開口說說看！

氷(こおり)
ko.o.ri
冰塊

クリーニング
ku.ri.i.ni.n.gu
送洗衣服

クーラーの修理(しゅうり)
ku.u.ra.a no shu.u.ri
修理冷氣機

飲(の)みもの
no.mi.mo.no
飲料

シーツの取(と)り替(か)え
shi.i.tsu no to.ri.ka.e
換床單

タクシーの手配(てはい)
ta.ku.shi.i no te.ha.i
叫計程車

跟日本人說說看！

わたし　：　**明日（あした）、7時（しちじ）にモーニングコールをお願（ねが）いしたいんですが。**
wa.ta.shi　：　a.shi.ta shi.chi.ji ni mo.o.ni.n.gu.ko.o.ru o o ne.ga.i shi.ta.i n de.su ga
我　：　想要麻煩明天七點Morning Call……。

フロント　：　**かしこまりました。7時（しちじ）ですね。**
fu.ro.n.to　：　ka.shi.ko.ma.ri.ma.shi.ta shi.chi.ji de.su ne
櫃檯　：　了解了。是七點吧。

わたし　：　**はい。それと部屋（へや）のヒーターが効（き）かないんですが。**
wa.ta.shi　：　ha.i so.re to he.ya no hi.i.ta.a ga ki.ka.na.i n de.su ga
我　：　是的。還有房間的暖氣不能用……。

フロント　：　**失礼（しつれい）しました。**
fu.ro.n.to　：　shi.tsu.re.e shi.ma.shi.ta
今（いま）すぐ係（かか）りのものを修理（しゅうり）に伺（うかが）わせます。
i.ma su.gu ka.ka.ri no mo.no o shu.u.ri ni u.ka.ga.wa.se.ma.su
櫃檯　：　不好意思。
現在馬上叫工作人員去修理。

漫遊日本Q&A！　日本飯店和旅館的費用

Q：下列哪一個國家，住宿飯店不需額外給小費？

A 中國　B 美國　C 日本　D 法國

日本的住宿依等級不同，費用有高有低，便宜的五、六千日圓，貴的數萬日圓亦比比皆是。比較特別的是計費方式，多以人頭計算，而非以房間數來收費。

另外，都會型的住宿多會附上早餐，或者西式，或者日式。至於溫泉飯店幾乎都是「一宿二餐」（一泊二食（いっぱくにしょく）），也就是住宿費裡含住宿當天的晚餐、以及次日的早餐，無非是希望旅客可以輕輕鬆鬆地渡過。又，在日本無論住宿飯店或旅館，提行李、整理房間、客房服務……等等，皆不需額外支付任何小費。或許這就是日本「以客為尊」的最高表現吧！

答案：C

說說看

いただきます！開動！

到美食天國日本，豈可不大快朵頤？
本單元先教您這些美食的日文，
再告訴您如何點餐。
帶著這本書，安啦！！

STEP 5.

食事（しょくじ）

用餐

- **ラーメン屋（や）** 拉麵店
- **屋台（やたい）** 路邊攤
- **レストラン** 餐廳
- **ファーストフード** 速食
- **居酒屋（いざかや）** 居酒屋
- **焼肉屋（やきにくや）** 烤肉店
- **寿司屋（すしや）** 壽司店
- **ちゃんこ鍋屋（なべや）** 相撲火鍋店
- **割烹屋（かっぽうや）** 高級日本料理店
- **喫茶店（きっさてん）** 咖啡廳

ラーメン屋(や) ra.a.me.n.ya 拉麵店

少(すこ)し しょっぱい んですが。

su.ko.shi sho.p.pa.i n de.su ga 有點鹹……。

把以下單字套進 ______，開口說說看！

すっぱい su.p.pa.i 酸	甘(あま)い a.ma.i 甜	濃(こ)い ko.i 濃
辛(から)い ka.ra.i 辣	苦(にが)い ni.ga.i 苦	薄(うす)い u.su.i 淡

跟日本人說說看！

わたし：味噌（みそ）ラーメンを一（ひと）つ。
wa.ta.shi mi.so ra.a.me.n o hi.to.tsu
我：味噌拉麵一碗。

店員（てんいん）：はい。（味噌（みそ）ラーメンを出（だ）す。）
te.n.i.n ha.i mi.so ra.a.me.n o da.su
店員：好的。（端出味噌拉麵。）

わたし：少（すこ）ししょっぱいんですが。
wa.ta.shi su.ko.shi sho.p.pa.i n de.su ga
我：有點鹹……。

店員（てんいん）：失礼（しつれい）しました。
te.n.i.n shi.tsu.re.e.shi.ma.shi.ta
今（いま）すぐ、作（つく）り替（か）えます。
i.ma su.gu tsu.ku.ri.ka.e.ma.su
店員：對不起。
現在立刻重做一碗。

漫遊日本Q&A！ 多元美味的日本拉麵

Q：日本的味噌拉麵，誕生於何地？

A 札幌　B 東京　C 大阪　D 博多

日本的拉麵依照區域及口味，大致可分為：①味噌湯頭的「北海道札幌味噌拉麵」；②透明清淡、豬骨鹽味湯頭的「北海道函館鹽味拉麵」；③口味清爽、鰹魚醬油湯頭的「關東東京醬油拉麵」；④乳白色、濃厚豬骨湯頭的「九州博多豚骨拉麵」。這些拉麵，好不好吃的關鍵均在湯頭，所以別忘了把湯喝光光喔！

另外提醒您，在日本點拉麵時，可以選擇麵的硬度。而吃不夠時，也可以多花一百日圓左右，再來一團麵，這叫做「替（か）え玉（だま）」。還有吃拉麵吸入麵條時，不用顧及形象，再怎麼大聲也沒關係。這些日本拉麵文化，是不是很好玩呢？

答案：A

レストラン re.su.to.ra.n 餐廳

ビー
Bセットには スープ がつきます。

bi.i se.t.to ni wa su.u.pu ga tsu.ki.ma.su

B套餐附 湯 。

把以下單字套進 ＿＿ ，開口說說看！

フルーツ
fu.ru.u.tsu
水果

サラダ
sa.ra.da
沙拉

デザート
de.za.a.to
甜點

ドリンク
do.ri.n.ku
飲料

おまけのおもちゃ
o.ma.ke no o.mo.cha
贈品玩具

わがし
和菓子
wa.ga.shi
傳統日本點心

跟日本人說說看！

ウエートレス	：	ご注文(ちゅうもん)はお決(き)まりですか。
u.e.e.to.re.su		go chu.u.mo.n wa o ki.ma.ri de.su ka
服務生	：	您決定點什麼了嗎？
わたし	：	明太子(めんたいこ)スパゲッティをセットで。
wa.ta.shi		me.n.ta.i.ko su.pa.ge.t.ti o se.t.to de
我	：	明太子義大利麵，我要套餐。
ウエートレス	：	A(エー)セットにはサラダがつきます。
u.e.e.to.re.su		e.e se.t.to ni wa sa.ra.da ga tsu.ki.ma.su
		サラダのドレッシングは何(なん)になさいますか。
		sa.ra.da no do.re.s.shi.n.gu wa na.n ni na.sa.i.ma.su ka
服務生	：	A套餐附沙拉。 沙拉要什麼醬呢？
わたし	：	サウザンアイランドで。
wa.ta.shi		sa.u.za.n.a.i.ra.n.do de
我	：	千島醬。
ウエートレス	：	かしこまりました。
u.e.e.to.re.su		ka.shi.ko.ma.ri.ma.shi.ta
服務生	：	知道了。

漫遊日本Q&A！ 青出於藍的「和風洋食」

Q：在日本西餐廳用餐，下列哪項禮節是錯誤的？

A 餐巾要掛在脖子上　　B 包包放在椅背或右邊地上

C 右手拿刀，左手拿叉　　D 喝葡萄酒只拿杯腳

如果到日本只吃日本料理，等於入寶山空手而回，因為日本的「和風洋食」獨樹一格，口味絕對不輸給西方。例如「牛排」（ステーキ）到了日本，還有「蘿蔔泥醬汁」可供選擇。又例如「義大利麵」（スパゲッティ）除了傳統口味外，日本人還多方運用海苔、明太子、醬油等日本食材，讓它變化多端。此外更別說已是日本國民料理的「咖哩飯」（カレーライス）、「蛋包飯」（オムライス）、「漢堡排」（ハンバーグ）了。

享用「和風洋食」時的禮節和吃西餐時完全相同，所以上述題目中，只有A要改成「餐巾必須攤在膝蓋上」，BCD均為正確禮節。

答案：A

MP3-19

居酒屋（いざかや） i.za.ka.ya 居酒屋

[さくさく] していて おいしいです。

sa.ku.sa.ku.shi.te i.te o.i.shi.i de.su [酥酥脆脆地] 很好吃。

把以下單字套進 [　　]，開口說說看！

ぱりぱり pa.ri.pa.ri 脆脆地	ぷりぷり pu.ri.pu.ri QQ地	しっとり shi.t.to.ri 綿綿地
こってり ko.t.te.ri 濃濃地	ふんわり fu.n.wa.ri 鬆鬆軟軟地	さっぱり sa.p.pa.ri 清清爽爽地

跟日本人說說看！

店長（てんちょう）	：	当店（とうてん）のてんぷらはいかがですか。
te.n.cho.o		to.o.te.n no te.n.pu.ra wa i.ka.ga de.su ka
店長	：	我們店裡的天婦羅怎麼樣呢？
わたし	**：**	**さくさくしていてとてもおいしいです。**
wa.ta.shi		sa.ku.sa.ku.shi.te i.te to.te.mo o.i.shi.i de.su
我	：	酥酥脆脆地，非常好吃。
店長（てんちょう）	：	和風（わふう）サラダはいかがですか。
te.n.cho.o		wa.fu.u sa.ra.da wa i.ka.ga de.su ka
店長	：	和風沙拉怎麼樣呢？
わたし	**：**	**さっぱりしていてわたしの口（くち）に合（あ）います。**
wa.ta.shi		sa.p.pa.ri.shi.te i.te wa.ta.shi no ku.chi ni a.i.ma.su
我	：	清清爽爽地，很合我的胃口。
店長（てんちょう）	：	それはよかった。
te.n.cho.o		so.re wa yo.ka.t.ta
店長	：	那太好了。

漫遊日本Q&A！ 到「居酒屋」乾杯

Q：居酒屋菜單中的「焼（や）き鳥（とり）」，指的是什麼？

A 燒肉　B 烤小鳥　C 各式串燒　D 小鳥形狀的紅豆餅

到日本，一定要體驗日本的居酒屋文化！

日本的居酒屋是提供酒類和料理的餐廳，雖然中、晚餐也可以去，但最適合飯後、宵夜時間前往小酌一番。可以點到什麼料理呢？最常見的有「焼（や）き鳥（とり）」（各式串燒）、「おでん」（關東煮）、「枝豆（えだまめ）」（毛豆）、「刺身（さしみ）」（生魚片）、「唐揚（からあ）げ」（日式炸雞），樣樣皆是下酒好菜。最重要的是乾一杯吧！在居酒屋裡，啤酒、日本酒、洋酒、果汁、汽水⋯⋯，各式飲料應有盡有。如果您是第一次去，建議您喝喝看「梅（うめ）サワー」（梅子沙瓦），汽水＋梅子酒的好滋味，很難形容喔！

答案：C

MP3-20

すしや
寿司屋 su.shi.ya 壽司店

うに とトロをください。

u.ni to to.ro o ku.da.sa.i

請給我 海膽 和鮪魚腹。

把以下單字套進 ▭ ，開口說說看！

えび
e.bi
蝦

たこ
ta.ko
章魚

いくら
i.ku.ra
鮭魚卵

あなご
穴子
a.na.go
星鰻

たまごや
玉子焼き
ta.ma.go.ya.ki
玉子燒

いか
i.ka
花枝

跟日本人說說看！

寿司職人 su.shi.sho.ku.ni.n 壽司師傅	： ：	何になさいますか。 na.n ni na.sa.i.ma.su ka 請問要什麼呢？
わたし wa.ta.shi 我	： ：	まずは中トロと鉄火巻きをください。 ma.zu wa chu.u.to.ro to te.k.ka.ma.ki o ku.da.sa.i 請先給我鮪魚中腹和鮪魚海苔捲。
寿司職人 su.shi.sho.ku.ni.n 壽司師傅	： ：	はい。 ha.i 好的。
わたし wa.ta.shi 我	： ：	あっ、中トロはサビ抜きでお願いします。 a.t chu.u.to.ro wa sa.bi nu.ki de o ne.ga.i.shi.ma.su 啊，麻煩鮪魚中腹不要放芥末。

漫遊日本Q&A！ 到壽司發祥地日本品嚐海的美味

Q：為什麼迴轉壽司店放壽司的盤子，花花綠綠的有各種顏色？

A 增加顧客食慾　　B 用來搭配壽司

C 用來計算費用　　D 老闆個人喜好

壽司在台灣雖然也吃得到，但是到了發祥地日本，種類更多、味道更道地，豈可錯過！

日本的壽司約可分：①米飯上放著食材的「握り寿司」（握壽司）；②用海苔捲住食材的「巻き寿司」（捲壽司）；③米飯和海鮮、蔬菜拌在一起的「散らし寿司」（散壽司）；④豆皮包住米飯的「稲荷寿司」（豆皮壽司）。若在一般壽司店的櫃檯前，一邊欣賞壽司師傅的技藝一邊品嚐，會覺得不虛此行。若在迴轉壽司店，看著目不暇給的美味，也是一大樂趣。只是動手拿迴轉壽司之前，別忘了確認盤子的顏色和花紋，因為不一樣的盤子，代表不同的價格。

答案：C

MP3-21

割烹屋（かっぽうや） ka.p.po.o.ya 高級日本料理店

分けて（わ）食べたい（た）んですが。

wa.ke.te ta.be.ta.i n de.su ga　想 分著 吃……。

把以下單字套進 □，開口說說看！

焼いて（や） ya.i.te 烤來	生で（なま） na.ma de 生著	スープにして su.u.pu ni shi.te 變成湯來
6人で（ろくにん） ro.ku.ni.n de 六個人	蒸して（む） mu.shi.te 蒸來	温かくして（あたた） a.ta.ta.ka.ku shi.te 溫熱來

跟日本人說說看！

わたし：本日（ほんじつ）のおすすめは何（なん）ですか。
wa.ta.shi　ho.n.ji.tsu no o.su.su.me wa na.n de.su ka
我：今天推薦的是什麼呢？

店員（てんいん）：今日（きょう）は、新鮮（しんせん）で甘（あま）みのある平目（ひらめ）が入（はい）ってますが。刺身（さしみ）で食（た）べると最高（さいこう）です。
te.n.i.n　kyo.o wa shi.n.se.n de a.ma.mi no a.ru hi.ra.me ga ha.i.t.te.ma.su ga
sa.shi.mi de ta.be.ru to sa.i.ko.o de.su
店員：今天進了新鮮甘甜的比目魚……。
做生魚片來吃的話很棒。

わたし：焼（や）いて食（た）べたいんですが。
wa.ta.shi　ya.i.te ta.be.ta.i n de.su ga
我：我想烤來吃……。

店員（てんいん）：焼（や）いてもとてもおいしいですよ。
te.n.i.n　ya.i.te.mo to.te.mo o.i.shi.i de.su yo
店員：烤的也很好吃喔！

漫遊日本Q&A！ 享用日本料理時的禮節

Q：享用日本料理時，以下哪一項是正確禮節？
A 先從離自己最遠的那道料理挾起
B 吃生魚片時，要把芥末確實溶在醬油裡面吃
C 吃完料理，要把餐具疊在一起
D 吃茶碗蒸時，可以攪拌來吃

享用日本料理時，面對滿桌子的豐盛菜餚，要從哪一盤開始下手呢？其實一點都不難，只要掌握：①從「最靠近自己的菜餚」下筷；②先用左邊那一道，再用右邊那一道；③接著取用中間那一道；④最後再享用離自己最遠的幾道即可。

其他像是日本人吃生魚片時，不會把芥末和醬油混著吃，而是把芥末放在生魚片上面，再沾醬油一起吃；日式餐具大多都是漆器做的，容易刮傷，吃完不可以疊在一起；茶碗蒸是唯一可以把裡面的料拌來吃的日本料理等等，都是享用日本料理的基本禮節。請記起來，讓日本人對您也刮目相看喔！

答案：D

屋台（やたい） ya.ta.i 路邊攤

まずは ビール ちょうだい。

ma.zu wa bi.i.ru cho.o.da.i　先來 啤酒 。

把以下單字套進 [ ]，開口說說看！

ウーロン茶（ちゃ）
u.u.ro.n.cha
烏龍茶

焼（や）きおにぎり
ya.ki.o.ni.gi.ri
烤飯糰

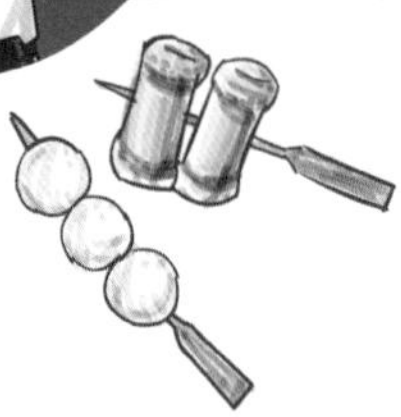

おでん
o.de.n
關東煮

お茶漬（ちゃづ）け
o.cha.zu.ke
茶泡飯

ちゃんぽん麺（めん）
cha.n.po.n.me.n
什錦麵（強棒麵）

焼酎（しょうちゅう）
sho.o.chu.u
燒酒

跟日本人說說看！

おやじさん o.ya.ji sa.n 老闆	： ：	いらっしゃい。 i.ra.s.sha.i 歡迎、歡迎！
わたし wa.ta.shi 我	： ：	まずは焼酎(しょうちゅう)ちょうだい。 ma.zu wa sho.o.chu.u cho.o.da.i 先來燒酒。
おやじさん o.ya.ji sa.n 老闆	： ：	あいよ! a.i yo 沒問題。（「あいよ」為「はい」粗魯的說法）
わたし wa.ta.shi 我	： ：	あっ、それからちゃんぽん麺(めん)と焼(や)きおにぎりも。 a.t so.re ka.ra cha.n.po.n.me.n to ya.ki.o.ni.gi.ri mo 啊，還要什錦麵和烤飯糰。

漫遊日本Q&A！ 日本的酒

Q：日本沒有釀造哪一種酒？

A 紹興酒　B 米酒　C 吟釀酒　D 啤酒

吃西餐要喝紅、白葡萄酒，參加台灣結婚喜宴會喝紹興酒，吃快炒時先來杯啤酒……，美酒和美食相得益彰，兩者早已脫離不了關係。如此說來，在日本吃日本料理時，要喝什麼酒呢？

首先是啤酒，日本各大知名品牌，現在在台灣也買得到。接著是「**清酒**(せいしゅ)」，日本把米做的酒統稱為清酒，依白米、米麴、水等比率之不同，還可以分為「**純米酒**(じゅんまいしゅ)」、「**吟釀酒**(ぎんじょうしゅ)」、「**本釀造酒**(ほんじょうぞうしゅ)」等等。至於蒸餾酒「**焼酎**(しょうちゅう)」（燒酒），除了米之外，還可以用麥、地瓜、黑糖、蕎麥等等作原料，釀出來的香氣和口感也不盡相同，不妨也入境隨俗，品嚐看看。

答案：A

ファーストフード fa.a.su.to fu.u.do 速食

ダブルチーズバーガー をポテトセットで。

da.bu.ru chi.i.zu ba.a.ga.a o po.te.to se.t.to de

給我 雙層吉士漢堡 搭配薯條套餐。

把以下單字套進 ＿＿，開口說說看！

ビッグ マック
bi.g.gu ma.k.ku
大麥克

照(て)り焼(や)き バーガー
te.ri.ya.ki ba.a.ga.a
照燒漢堡

チキンバーガー
chi.ki.n ba.a.ga.a
雞堡

フィレオフィッシュ
fi.re.o fi.s.shu
魚堡

ベーコンレタス バーガー
be.e.ko.n re.ta.su ba.a.ga.a
培根美生菜漢堡

チキンナゲット
chi.ki.n na.ge.t.to
雞塊

跟日本人說說看！

店員（てんいん）　：　ご注文（ちゅうもん）は。
te.n.i.n　：　go chu.u.mo.n wa
店員　：　請問要點什麼？

わたし　：　照（て）り焼（や）きバーガーをポテトセットで。
wa.ta.shi　：　te.ri.ya.ki ba.a.ga.a o po.te.to se.t.to de
我　：　我要照燒漢堡搭配薯條套餐。

店員（てんいん）　：　ドリンクは何（なん）になさいますか。
te.n.i.n　：　do.ri.n.ku wa na.n ni na.sa.i.ma.su ka
店員　：　飲料要什麼呢？

わたし　：　ホットコーヒーをください。
wa.ta.shi　：　ho.t.to ko.o.hi.i o ku.da.sa.i
我　：　請給我熱咖啡。

漫遊日本Q&A！ 日本的「速食」

Q：下列哪家速食店，是日本自創品牌？

A 肯德基炸雞　B 麥當勞　C Mister Donut　D 摩斯漢堡

一九七〇年代初期由歐美導入日本的「速食」，日本人把原文「fast food」用外來語「ファーストフード」表示，經過幾十年，速食也成為日本飲食文化之一。

日本的速食店一開始全是外資的公司，例如「ケンタッキーフライドチキン」（肯德基炸雞）、「マクドナルド」（麥當勞）、「ミスタードーナツ」（Mister Donut），後來日本公司「モスバーガー」（摩斯漢堡）等也進軍此市場，創造出帶有日本風味的速食，讓選擇更加多元。

眾所周知，速食講求的就是「便宜」和「快速」，這樣的飲食文化也直接影響到日本美食，像在日本車站許多「立（た）ち食（ぐ）い」（站著吃）的店，就是這麼來的。

答案：D

焼肉屋（やきにくや） ya.ki.ni.ku.ya 烤肉店

カルビ の量（りょう）は どれくらいですか。

ka.ru.bi no ryo.o wa do.re ku.ra.i de.su ka

牛五花 的量，大約多少呢？

把以下單字套進 ☐，開口說說看！

ハラミ
ha.ra.mi
腹胸肉

ミノ
mi.no
牛肚

豚（ぶた）ロース
bu.ta ro.o.su
豬里肌

牛（ぎゅう）ロース
gyu.u ro.o.su
牛里肌

塩（しお）タン
shi.o ta.n
鹽味牛舌

レバー
re.ba.a
肝

跟日本人說說看！

店員（てんいん）	：	**ご注文（ちゅうもん）はお決（き）まりですか。**
te.n.i.n		go chu.u.mo.n wa o ki.ma.ri de.su ka
店員	：	決定點什麼了嗎？
わたし	：	**豚（ぶた）ロースの量（りょう）はどれくらいですか。**
wa.ta.shi		bu.ta ro.o.su no ryo.o wa do.re ku.ra.i de.su ka
我	：	豬里肌的量，大約多少呢？
店員（てんいん）	：	**2人前（ににんまえ）くらいです。**
te.n.i.n		ni.ni.n.ma.e ku.ra.i de.su
店員	：	大約兩人份。
わたし	：	**じゃ、それとミノをそれぞれ1（ひと）つずつお願（ねが）いします。**
wa.ta.shi		ja so.re to mi.no o so.re.zo.re hi.to.tsu zu.tsu o ne.ga.i shi.ma.su
我	：	那麼，麻煩給我那個和牛肚各一份。

漫遊日本Q&A！ 香氣十足的「日本燒肉店」

Q：您知道日本的「燒肉日」是幾月幾日嗎？

A 一月一日　B 五月五日　C 八月二十九日　D 十一月二十日

所謂的「**燒肉**（やきにく）」就是烤肉。印象中是韓國美食的「燒肉」，在日本也自成流派，發展出讓人光聞味道就垂涎三尺的燒肉文化。日本全國燒肉協會甚至把每年的八月二十九日定為「燒肉日」，因為八二九的日文發音「**八二九**（やにく）」，和燒肉的日文「**燒肉**（やきにく）」發音十分相似，此外也希望大家在炎炎夏日多吃燒肉，以維持精力。

比起台灣的烤肉無所不烤，日本的燒肉店最常出的菜是「**カルビ**」（牛五花）、「**牛**（ぎゅう）**ロース**」（牛里肌）和「**牛**（ぎゅう）**タン**」（牛舌）。至於口味有醬油、鹽味、味噌可供選擇。日本的燒肉厲害的地方是烤過的肉就算不沾醬也十分多汁，所以有機會，您一定得去嚐嚐！

答案：C

MP3-25

ちゃんこ鍋屋（なべや） cha.n.ko.na.be.ya 相撲火鍋店

大関（おおぜき）コースは塩（しお）味（あじ）です。

o.o.ze.ki ko.o.su wa shi.o a.ji de.su 大關套餐是鹽味。

把以下單字套進［　］，開口說說看！

赤味噌（あかみそ） a.ka mi.so 紅味噌	醤油（しょうゆ） sho.o.yu 醬油	キムチ ki.mu.chi 泡菜
ホワイトソース ho.wa.i.to so.o.su 白醬	白味噌（しろみそ） shi.ro mi.so 白味噌	カレー ka.re.e 咖哩

跟日本人說說看！

わたし　：　横綱（よこづな）コースはどんな味（あじ）のスープですか。
wa.ta.shi　：　yo.ko.zu.na ko.o.su wa do.n.na a.ji no su.u.pu de.su ka
我　：　横綱套餐是什麼味道的湯呢？

店員（てんいん）　：　横綱（よこづな）コースは味噌味（みそあじ）です。
te.n.i.n　：　yo.ko.zu.na ko.o.su wa mi.so a.ji de.su
店員　：　橫綱套餐是味噌味。

わたし　：　じゃ、この小結（こむすび）コースは。
wa.ta.shi　：　ja ko.no ko.mu.su.bi ko.o.su wa
我　：　那麼，這個小結套餐呢？

店員（てんいん）　：　小結（こむすび）コースはカレー味（あじ）です。
te.n.i.n　：　ko.mu.su.bi ko.o.su wa ka.re.e a.ji de.su
店員　：　小結套餐是咖哩味。

漫遊日本Q&A！ 絕無僅有的「相撲火鍋」

Q：日本的「大相撲」，地位最高的選手為何？

A 橫綱　B 大關　C 關脇　D 小結

要了解日本的相撲火鍋，先要知道日本的國粹「大相撲（おおずもう）」（大相撲）。

起源於江戶時代的大相撲是一項運動，每年有六次「本場所（ほんばしょ）」（正式比賽）。大相撲的選手稱為「力士（りきし）」，最厲害的選手稱之為「幕内（まくうち）」，而幕內依地位高低，又可分為「横綱（よこづな）」、「大関（おおぜき）」、「関脇（せきわけ）」、「小結（こむすび）」、「前頭（まえがしら）」。

力士的受訓非常嚴格，為了維持體力，他們每天都要吃既健康又營養的「ちゃんこ鍋（なべ）」（相撲火鍋）。至於市面上這樣的火鍋店，絕大多數是退休後的力士所開，味道相當道地，不妨搭配觀賞大相撲比賽行程，順道前往品嚐。

答案：A

MP3-26

喫茶店(きっさてん) ki.s.sa.te.n 咖啡廳

注文(ちゅうもん)したのは かき氷(ごおり) なんですが。

chu.u.mo.n.shi.ta no wa ka.ki.go.o.ri na n de.su ga

點的是 刨冰 ……。

把以下單字套進 ☐，開口說說看！

プリン
pu.ri.n
布丁

アイスクリーム
a.i.su.ku.ri.i.mu
冰淇淋

パンナコッタ
pa.n.na.ko.t.ta
義式奶酪

チーズケーキ
chi.i.zu.ke.e.ki
起士蛋糕

チョコレートケーキ
cho.ko.re.e.to.ke.e.ki
巧克力蛋糕

ティラミス
ti.ra.mi.su
提拉米蘇

跟日本人說說看！

店員（てんいん）　：　おまたせしました。
te.n.i.n　o.ma.ta.se.shi.ma.shi.ta

抹茶（ちゃ）のかき氷（ごおり）でございます。
ma.c.cha no ka.ki.go.o.ri de go.za.i.ma.su

店員　：　讓您久等了。
這是抹茶的剉冰。

わたし　：　注文（ちゅうもん）したのはアイスクリームなんですが。
wa.ta.shi　chu.u.mo.n.shi.ta no wa a.i.su.ku.ri.i.mu na n de.su ga
我　：　我點的是冰淇淋……。

店員（てんいん）　：　失礼（しつれい）しました。
te.n.i.n　shi.tsu.re.e.shi.ma.shi.ta

今（いま）すぐご注文（ちゅうもん）のものをもってきます。
i.ma su.gu go chu.u.mo.n no mo.no o mo.t.te ki.ma.su

店員　：　對不起。
現在立刻送您點的過來。

漫遊日本Q&A！日本的「喫茶店」

Q：日本的「喫茶店」指的是什麼？

A 日本茶專賣店　B 紅茶專賣店　C 手搖飲料店　D 咖啡廳

日文的「喫茶店（きっさてん）」是什麼呢？依字面上的意思，是「提供喝茶的店」，但其實就是所謂的「咖啡廳」。在店裡，可以點到咖啡、紅茶等酒類以外的飲料，當然也提供蛋糕、點心等。

在日本，常會聽到「お茶（ちゃ）しませんか」（不喝一下茶嗎？）或「お茶（ちゃ）でも飲（の）みませんか」（要不要去喝杯茶呢？）。這兩句話，表面上雖然都是邀約對方去「喝茶」，但也是朋友之間邀約休息一下、喝杯飲料的常用對話。另外，如果是對不熟的人說這些話，也含有搭訕的意味喔！

答案：D

說說看

わあ、富士山（ふじさん）だぁ。 哇！富士山耶！

風情萬種的日本，最值得細細品味！
本單元教您用最簡單的會話，
在觀光地和日本人交流，
保證讓您更深入了解日本！

STEP 6.

観光(かんこう)

觀光

富士山(ふじさん) 富士山

浅草寺(せんそうじ) 淺草寺

大阪城(おおさかじょう) 大阪城

さっぽろ雪(ゆき)まつり
札幌雪祭

金閣寺(きんかくじ) 金閣寺

温泉(おんせん) 溫泉

日光東照宮(にっこうとうしょうぐう) 日光東照宮

東京(とうきょう)ディズニーランド
東京迪士尼樂園

MP3-27

ふじさん
富士山 fu.ji.sa.n 富士山

さんちょう
山頂 まではあとどれくらいですか。

sa.n.cho.o ma.de wa a.to do.re ku.ra.i de.su ka

到 山頂 大概還要多久呢？

把以下單字套進 □，開口說說看！

はちごう め
八合目
ha.chi.go.o.me
八合目

やま ご や
山小屋
ya.ma.go.ya
登山休息、避難小屋

ちゅうしゃじょう
駐車場
chu.u.sha.jo.o
停車場

ろくごう め
六合目
ro.ku.go.o.me
六合目

きゅうごう め
九合目
kyu.u.go.o.me
九合目

レストハウス
re.su.to.ha.u.su
休息處

跟日本人說說看！

わたし：すみません、七合目（ななごうめ）まではあとどれくらいですか。
wa.ta.shi：su.mi.ma.se.n na.na.go.o.me ma.de wa a.to do.re ku.ra.i de.su ka
我：對不起，到七合目大概還要多久？

登山者（とざんしゃ）：500（ごひゃく）メートルくらいかな。
to.za.n.sha：go.hya.ku me.e.to.ru ku.ra.i ka.na
登山者：大概五百公尺吧！

わたし：え～、まだそんなに遠（とお）いんですか。
wa.ta.shi：e.e ma.da so.n.na ni to.o.i n de.su ka
我：咦～，還那麼遠啊？

登山者（とざんしゃ）：もうすぐだよ。がんばって。
to.za.n.sha：mo.o.su.gu da yo ga.n.ba.t.te
登山者：快到囉！加油！

わたし：はい!!
wa.ta.shi：ha.i
我：好！！

漫遊日本Q&A！ 富士山&「合目」

Q：富士山屬於哪一類型的山？

A 活火山　B 死火山　C 休火山　D 普通的山

日本的聖山「富士山」，橫跨「靜岡縣」和「山梨縣」，標高三七七六公尺，是日本最高峰，也是一座活火山。

由於富士山是活火山，所以觀光的同時，也可享受洗溫泉的樂趣。另外知名的「富士五湖」，都是富士山火山爆發後形成的湖泊，建議您不要錯過在高山湖泊上搭船的行程，因為那裡的湖光山色，實在教人流連忘返。

此外，到富士山也可以從事爬山活動。在爬山時，所謂的「六合目」、「八合目」等等的「合目」，指的是爬到的位置。最高的地方是「十合目」，「一合目」就是大約爬了十分之一的高度。這種計算方式，是不是很有趣呢？

答案：A

MP3-28

浅草寺(せんそうじ) se.n.so.o.ji 淺草寺

手(て)を叩(たた)いてはいけません。

te o ta.ta.i.te wa i.ke.ma.se.n

不可以拍手。

把以下單字套進 ▭，開口說說看！

中(なか)に入(はい)って

na.ka ni ha.i.t.te

進去裡面

食(た)べものを食(た)べて

ta.be.mo.no o ta.be.te

吃東西

大声(おおごえ)を出(だ)して

o.o.go.e o da.shi.te

講話很大聲

お地蔵(じぞう)さんを叩(たた)いて

o.ji.zo.o.sa.n o ta.ta.i.te

敲打地藏王菩薩

お坊(ぼう)さんに触(ふ)れて

o.bo.o.sa.n ni fu.re.te

碰觸和尚

写真(しゃしん)を撮(と)って

sha.shi.n o to.t.te

拍照

跟日本人說說看！

わたし ： **（手(て)を叩(たた)いて参拝(さんぱい)している。）**
wa.ta.shi　te o ta.ta.i.te sa.n.pa.i.shi.te i.ru
我 ： （正在拍手參拜。）

観光客(かんこうきゃく) ： **手(て)を叩(たた)いてはいけませんよ。**
ka.n.ko.o.kya.ku　te o ta.ta.i.te wa i.ke.ma.se.n yo
觀光客 ： 不可以拍手喔！

わたし ： **えっ。**
wa.ta.shi　e.t
我 ： 咦？

観光客(かんこうきゃく) ： **神社(じんじゃ)では手(て)を叩(たた)いてもいいですが、お寺(てら)ではいけません。**
ka.n.ko.o.kya.ku　ji.n.ja de wa te o ta.ta.i.te mo i.i de.su ga o te.ra de wa i.ke.ma.se.n
觀光客 ： 在神社拍手沒關係，但是在寺廟不可以。

わたし ： **知(し)りませんでした。ありがとうございます。**
wa.ta.shi　shi.ri.ma.se.n.de.shi.ta a.ri.ga.to.o go.za.i.ma.su
我 ： 我都不知道。謝謝您。

漫遊日本Q&A！ 日本的「神社」和「寺廟」

Q：參拜日本寺廟時，下列何者不是正確的儀式？

A 洗手　B 投錢到「油錢箱」　C 雙手合十參拜　D 擊掌參拜

很多讀者弄不清日本「**神社(じんじゃ)**」（神社）和「**お寺(てら)**」（寺廟）的差別，其實區分起來不難，只要先知道「神社」是日本神道信仰的宗教設施，而「寺廟」是佛教的廟宇即可。

此外，一般在參拜神社時，都會先經過紅色的「**鳥居(とりい)**」（類似牌坊的門），接著在「**手水舎(ちょうずや)**」（洗手處）洗洗手，然後把錢投進「**賽銭箱(さいせんばこ)**」（油錢箱）裡，對著神體「啪、啪」地拍兩次手，最後再行一次禮，即完成儀式。至於到寺廟時，則是先經過「**山門(さんもん)**」（寺廟正門），之後洗洗手，把錢投進油錢箱，再對著佛像雙手合十參拜。注意！寺廟不是神社，參拜時不可擊掌，千萬別弄錯喔！

答案：D

MP3-29

おおさかじょう
大阪城 o.o.sa.ka.jo.o 大阪城

しゃしん　と
写真を撮って もらえませんか。

sha.shi.n o to.t.te mo.ra.e.ma.se.n ka

能不能幫我照相呢？

把以下單字套進 ＿＿，開口說說看！

せつめい
説明して
se.tsu.me.e.shi.te
說明

か
ここに書いて
ko.ko ni ka.i.te
寫在這裡

みち　あんない
道を案内して
mi.chi o a.n.na.i.shi.te
指引道路

にもつ　も
荷物を持って
ni.mo.tsu o mo.t.te
拿東西

えいご　はな
英語で話して
e.e.go de ha.na.shi.te
用英文說

はな
ゆっくり話して
yu.k.ku.ri ha.na.shi.te
慢慢地說

跟日本人說說看！

わたし ： 入館料（にゅうかんりょう）はいくらですか。
wa.ta.shi nyu.u.ka.n.ryo.o wa i.ku.ra de.su ka
我 ： 請問門票要多少錢？

係員（かかりいん） ： 大人（おとな）は 600円（ろっぴゃくえん）で、中学生（ちゅうがくせい）以下（いか）は無料（むりょう）です。
ka.ka.ri.i.n o.to.na wa ro.p.pya.ku e.n de chu.u.ga.ku.se.e i.ka wa mu.ryo.o de.su
工作人員 ： 大人六百日圓，中學生以下不用錢。

わたし ： すみません、ゆっくり話（はな）してもらえませんか。
wa.ta.shi su.mi.ma.se.n yu.k.ku.ri ha.na.shi.te mo.ra.e.ma.se.n ka
我 ： 對不起，可以講慢一點嗎？

係員（かかりいん） ： ああ、外国（がいこく）の方（かた）ですね。
ka.ka.ri.i.n a.a ga.i.ko.ku no ka.ta de.su ne
（英語（えいご）と中国語（ちゅうごくご）の説明書（せつめいしょ）を渡（わた）す。）
e.e.go to chu.u.go.ku.go no se.tsu.me.e.sho o wa.ta.su
工作人員 ： 啊，您是外國人啊。
（遞給英文和中文的說明書。）

漫遊日本Q&A！ 日本三大城

Q：下列哪一座城，不是日本三大名城之一？

A 大阪城　B 名古屋城　C 熊本城　D 姬路城

位於大阪府的大阪城，是日本三大名城之一，別名「金城」和「錦城」。該城乃豐臣秀吉在一五八三年所建造，氣勢宏偉，不但是歷史古蹟，而且四季各有不同風情，所以是到日本絕對不可錯過的景點。

三大名城除了大阪城之外，另外的兩座分別是位於愛知縣名古屋市的「**名古屋城**（なごやじょう）」，以及位於九州熊本縣的「**熊本城**（くまもとじょう）」。其中名古屋城別名「**金鯱城**（きんのしゃちほこじょう）」、「**金城**（きんじょう）」，在十六世紀時，戰國名將織田信長曾經統馭此處。而別名「銀杏城」的熊本城，乃一五九一年由加藤清正所建，每到秋天，城的四周銀杏樹一片金黃，煞是迷人，是最適合拜訪的季節。

答案：D

MP3-30

さっぽろ雪(ゆき)まつり sa.p.po.ro yu.ki.ma.tsu.ri 札幌雪祭

今年(ことし)はいつもより 雪(ゆき)が多(おお)い そうです。

ko.to.shi wa i.tsu.mo yo.ri yu.ki ga o.o.i so.o de.su

今年比起往年，聽說雪比較多。

把以下單字套進 ☐，開口說說看！

雪(ゆき)が少(すく)ない
yu.ki ga su.ku.na.i
雪少

参加者(さんかしゃ)が多(おお)い
sa.n.ka.sha ga o.o.i
參加者多

参加者(さんかしゃ)が少(すく)ない
sa.n.ka.sha ga su.ku.na.i
參加者少

温(あたた)かい
a.ta.ta.ka.i
溫暖

開催期間(かいさいきかん)が長(なが)い
ka.i.sa.i ki.ka.n ga na.ga.i
舉辦期間長

寒(さむ)い
sa.mu.i
冷

跟日本人說說看！

わたし wa.ta.shi 我	：	わー、すごい！ wa.a su.go.i 哇啊，好棒！
観光客（かんこうきゃく） ka.n.ko.o.kya.ku 觀光客	：	大（おお）きな雪像（せつぞう）でしょう。 o.o.ki.na se.tsu.zo.o de.sho.o 今年（ことし）はいつもより雪（ゆき）が多（おお）いそうです。 ko.to.shi wa i.tsu.mo yo.ri yu.ki ga o.o.i so.o de.su 好大的冰雕對不對？ 今年比起往年，聽說雪比較多。
わたし wa.ta.shi 我	：	そうですか。本当（ほんとう）にきれいですね。 so.o de.su ka ho.n.to.o ni ki.re.e.de.su ne 那樣喔！真的好漂亮哪！
観光客（かんこうきゃく） ka.n.ko.o.kya.ku 觀光客	：	ええ。 e.e 是的。

漫遊日本Q&A！ 北海道的「札幌」

Q：北海道的原住民為何？

A 愛奴族　B 泰雅族　C 朝鮮族　D 大和民族

舊稱「蝦夷」的北海道位於日本最北部，佔日本國土的百分之二十二，人口約五百五十萬。北海道的原住民為「アイヌ」（愛奴族），日本人是從明治時代才正式移民至此，開墾至今僅一百餘年。

由於北海道真的太大了，若時間不夠，可以選擇最熱鬧的「札幌」做定點之旅。要到札幌，有國際班機直飛「新千歲」機場。到了當地，非拜訪不可的人氣景點是「北海道廳舊本廳舍」、「大通公園」、「時鐘台」三處。相距不遠的三景點，走路不超過十分鐘，而馳名於世的「雪祭」，就是在「大通公園」舉辦的。

答案：A

MP3-31

金閣寺（きんかくじ） ki.n.ka.ku.ji 金閣寺

参拝時間（さんぱいじかん）は午後（ごご）[5時（ごじ）]までです。

sa.n.pa.i ji.ka.n wa go.go go.ji ma.de de.su

參拜時間到下午[五點]為止。

把以下單字套進 [　　]，開口說說看！

4時（よじ）
yo.ji
四點

7時20分（しちじにじゅっぷん）
shi.chi.ji ni.ju.p.pu.n
七點二十分

5時30分（ごじさんじゅっぷん）
go.ji sa.n.ju.p.pu.n
五點半

6時50分（ろくじごじゅっぷん）
ro.ku.ji go.ju.p.pu.n
六點五十分

8時10分（はちじじゅっぷん）
ha.chi.ji ju.p.pu.n
八點十分

跟日本人說說看！

わたし wa.ta.shi 我	：	**キラキラしていてきれいですね。** ki.ra.ki.ra.shi.te i.te ki.re.e.de.su ne 閃閃發光地好漂亮哪。
観光客（かんこうきゃく） ka.n.ko.o.kya.ku 觀光客	：	**ええ。でも銀閣寺（ぎんかくじ）もいいですよ。** e.e de.mo gi.n.ka.ku.ji mo i.i de.su yo 是的。不過銀閣寺也不錯喔！
わたし wa.ta.shi 我	：	**これから行（い）くつもりです。** ko.re ka.ra i.ku tsu.mo.ri de.su 接下來正打算要去。
観光客（かんこうきゃく） ka.n.ko.o.kya.ku 觀光客	：	**でも、銀閣寺（ぎんかくじ）は4時半（よじはん）までですよ。** de.mo gi.n.ka.ku.ji wa yo.ji ha.n ma.de de.su yo 不過，銀閣寺到四點半為止喔！
わたし wa.ta.shi 我	：	**じゃ、明日（あした）行（い）ってみます。** ja a.shi.ta i.t.te mi.ma.su 那麼，明天再去看看。

漫遊日本Q&A！ 京都名所「金閣寺」

Q：下列哪一位日本作家，寫過和「金閣寺」有關的作品？

A 三島由紀夫　B 川端康成　C 夏目漱石　D 村上春樹

正式名稱應為「鹿苑寺（ろくおんじ）」的金閣寺，位於京都市北區，是「臨濟宗」的寺院，已於一九九四年被登錄為世界遺產，是到京都絕對不能錯過的景點。

此寺之所以會被通稱為「金閣寺」，乃由於位於寺廟中心的舍利殿「金閣」金碧輝煌、名聞遐邇之緣故。此外會這麼有名，多少也和日本名作家「三島由紀夫」有關。本名「平岡公威」、外貌英挺的三島由紀夫，是日本戰後具有代表性的名小說家，他的小說《金閣寺》，以放火燒金閣寺為題材，極美的文筆，充分展現出三島由紀夫獨特的風格，被譽為日本近代文學最高傑作，在海外也有極高的評價。

答案：A

温泉(おんせん) o.n.se.n 溫泉

体(からだ)を洗(あら)って から 入浴(にゅうよく)してください。

ka.ra.da o a.ra.t.te ka.ra nyu.u.yo.ku.shi.te ku.da.sa.i

請 洗身體 以後再入浴。

把以下單字套進 ▭，開口說說看！

頭(あたま)を洗(あら)って
a.ta.ma o a.ra.t.te
洗頭

お金(かね)を払(はら)って
o ka.ne o ha.ra.t.te
付錢

荷物(にもつ)をおいて
ni.mo.tsu o o.i.te
放東西

貴重品(きちょうひん)をロッカーに入(い)れて
ki.cho.o.hi.n o ro.k.ka.a ni i.re.te
貴重物品放進投幣置物櫃

水(みず)を飲(の)んで
mi.zu o no.n.de
喝水

服(ふく)を脱(ぬ)いで
fu.ku o nu.i.de
脫衣服

跟日本人說說看！

わたし wa.ta.shi 我	：	**（湯船（ゆぶね）に入（はい）ろうとする。）** yu.bu.ne ni ha.i.ro.o to su.ru （正要進入浴池。）
係（かか）りの人（ひと） ka.ka.ri no hi.to 工作人員	：	**先（さき）に体（からだ）を洗（あら）ってから入浴（にゅうよく）してください。** sa.ki ni ka.ra.da o a.ra.t.te ka.ra nyu.u.yo.ku.shi.te ku.da.sa.i 請先洗身體以後再入浴。
わたし wa.ta.shi 我	：	**あっ、すみません。** a.t su.mi.ma.se.n **（体（からだ）を洗（あら）ってから湯船（ゆぶね）に入（はい）る。）** ka.ra.da o a.ra.t.te ka.ra yu.bu.ne ni ha.i.ru 啊！對不起。 （洗完身體後進入浴池。）
係（かか）りの人（ひと） ka.ka.ri no hi.to 工作人員	：	**タオルは湯船（ゆぶね）の中（なか）に入（い）れないでください。** ta.o.ru wa yu.bu.ne no na.ka ni i.re.na.i.de ku.da.sa.i 毛巾請不要放到浴池裡。

漫遊日本Q&A！ 日本的溫泉鄉

Q：下列哪一項不是「溫泉蛋」的正確敘述？
A 用溫泉煮出來的蛋 B 半熟的蛋 C 邊洗溫泉邊吃的蛋
D 蛋黃半熟、蛋白半凝固的蛋

日本上自北海道、下至南邊的的九州，處處都有溫泉。溫泉有室內、室外之分，而到日本洗溫泉最令人高興的，莫過於洗室外的「**露天風呂（ろてんぶろ）**」（露天浴池）了！在春天，泡在暖洋洋的溫泉裡，可以欣賞櫻花；夏天則是一片新綠，偶爾還有野生獼猴來搗蛋；秋天洗溫泉最是舒服，當紅葉落下，漂浮在水面，極富詩意；至於冬天細雪紛飛時泡湯，絕對會讓生於南國的我們既感動又驚喜。

當然拜訪溫泉鄉，也別忘了煮「**溫泉卵（おんせんたまご）**」（溫泉蛋）來吃。本來溫泉蛋指的是用溫泉煮出來、蛋黃呈半熟、蛋白呈半凝固狀態的蛋，但現在只要是半熟的蛋，就算不是溫泉煮出來的，也稱為溫泉蛋。

答案：C

MP3-33

日光東照宮（にっこうとうしょうぐう） ni.k.ko.o to.o.sho.o.gu.u 日光東照宮

お守り（まも）がほしいんですが。

o.ma.mo.ri ga ho.shi.i n de.su ga　想要護身符……。

把以下單字套進 ＿＿，開口說說看！

御神酒（おみき）
o.mi.ki
供奉神祇的酒

しおり
shi.o.ri
書籤

カレンダー
ka.re.n.da.a
月曆、日曆

絵馬（えま）
e.ma
供奉在神社寺廟祈福用的牌子

絵はがき（え）
e.ha.ga.ki
（繪畫、相片等）美術明信片

キーホルダー
ki.i.ho.ru.da.a
鑰匙圈

跟日本人說說看！

わたし	：	絵(え)はがきがほしいんですが。
wa.ta.shi		e.ha.ga.ki ga ho.shi.i n de.su ga
我	：	我想要美術明信片……。
巫女(みこ)	：	絵(え)はがきは、あちらにあります。
mi.ko		e.ha.ga.ki wa a.chi.ra ni a.ri.ma.su
神女	：	美術明信片在那裡。
わたし	：	いろいろあって迷(まよ)ってしまいますね。
wa.ta.shi		i.ro.i.ro a.t.te ma.yo.t.te shi.ma.i.ma.su ne
我	：	各式各樣都有，好猶豫喔。
巫女(みこ)	：	セットですと20種類(にじゅっしゅるい)入(はい)っていて、値段(ねだん)も割安(わりやす)ですよ。
mi.ko		se.t.to de.su to ni.ju.s.shu.ru.i ha.i.t.te i.te ne.da.n mo wa.ri.ya.su de.su yo
神女	：	如果一整套的話，裡頭有二十種，價錢也比較便宜喔。
わたし	：	じゃ、それにします。
wa.ta.shi		ja so.re ni shi.ma.su
我	：	那麼，就決定那個。

漫遊日本Q&A！ 守護您的日本護身符

Q：日本的護身符中，沒有以下哪一種？

A 學業 B 戀愛 C 瘦身 D 行車安全

到日本寺廟或神社，除了誠心參拜之外，別忘了幫自己或家人買「お守(まも)り」（護身符）回家。日本的護身符大多為長方形造型，五顏六色、質感極佳的織布上繡著祈求「厄除(やくよけ)」（消災解厄）、「安産(あんざん)」（平安生產）、「金運(きんうん)」（財運）、「健康(けんこう)」（健康）、「交通安全(こうつうあんぜん)」（行車安全）、「学業(がくぎょう)」（學業）、「縁結(えんむす)び」（戀愛）等等字眼，精美地教人愛不釋手，所以它不但有守護功效，還可以當作旅遊的回憶呢！

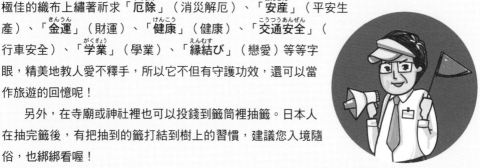

另外，在寺廟或神社裡也可以投錢到籤筒裡抽籤。日本人在抽完籤後，有把抽到的籤打結到樹上的習慣，建議您入境隨俗，也綁綁看喔！

準備篇 機場篇 交通篇 住宿篇 用餐篇 觀光篇 購物篇 困擾篇

東京（とうきょう）ディズニーランド

to.o.kyo.o di.zu.ni.i.ra.n.do 東京迪士尼樂園

わたしは ミッキーマウス が好（す）きです。

wa.ta.shi wa mi.k.ki.i.ma.u.su ga su.ki de.su

我喜歡 米奇 。

把以下單字套進 ☐，開口說說看！

ダンボ
da.n.bo
小飛象

ミニーマウス
mi.ni.i.ma.u.su
米妮

プルート
pu.ru.u.to
布魯托

ドナルドダック
do.na.ru.do.da.k.ku
唐老鴨

グーフィー
gu.u.fi.i
高飛狗

シンデレラ
shi.n.de.re.ra
灰姑娘

跟日本人說說看！

ディズニーファン di.zu.ni.i fa.n 迪士尼迷	： ：	ディズニーキャラクターの中(なか)で誰(だれ)が好(す)きですか。 di.zu.ni.i kya.ra.ku.ta.a no na.ka de da.re ga su.ki de.su ka 迪士尼的人物裡面，喜歡誰呢？
わたし wa.ta.shi 我	： ：	ドナルドが好(す)きです。 do.na.ru.do ga su.ki de.su 喜歡唐老鴨。
ディズニーファン di.zu.ni.i fa.n 迪士尼迷	： ：	私(わたし)もです。ドナルドが一番(いちばん)可愛(かわい)いですよね。 wa.ta.shi mo de.su do.na.ru.do ga i.chi.ba.n ka.wa.i.i de.su yo ne 我也是。唐老鴨最可愛了對不對。
わたし wa.ta.shi 我	： ：	ええ。あっ、ミッキーだ!! e.e a.t mi.k.ki.i da 對。啊！是米奇！！
ディズニーファン di.zu.ni.i fa.n 迪士尼迷	： ：	（いなくなる。） i.na.ku na.ru （不見了。）

漫遊日本Q&A！ 日本的主題樂園

Q：日本的迪士尼樂園位於哪裡？

A 東京都　B 千葉縣　C 橫濱市　D 鎌倉市

開幕於一九八三年、號稱「夢與魔法王國」的日本迪士尼樂園，全名為「東京(とうきょう)ディズニーランド」。雖然名為東京迪士尼樂園，但它其實不在東京，而是位於千葉縣浦安市舞浜。從東京出發，可以在「東京」車站搭乘「JR京葉線」，於「舞浜」車站下車，徒步約五分鐘可抵；此外也可以從「新宿」車站，搭乘直達的高速巴士，約需一個小時。

如果您喜歡迪士尼樂園這類型的「主題樂園」（テーマパーク），也推薦您到大阪的「ユニバーサル・スタジオ・ジャパン」（日本環球影城）一遊，那裡同樣會讓您樂不思蜀！

答案：B

說說看

安（やす）くしてください。 請算我便宜點。

日本這麼大，要去哪裡買好東西呢？
面對琳瑯滿目的商品，要如何挑選呢？
讀了本單元，就不會入寶山空手而回。

STEP 7.

買い物（かいもの）

購物

デパート 百貨公司

スーパーマーケット
超級市場

コンビニ 便利商店

ドラッグストア
藥妝店

電気屋街（でんきやがい） 電器商店街

アウトレット・モール
暢貨大型購物商場

原宿竹下通り（はらじゅくたけしたどおり）
原宿竹下通

プレゼント
禮物

MP3-35

デパート de.pa.a.to 百貨公司

色(いろ)ちがいのものはありますか。

i.ro chi.ga.i no mo.no wa a.ri.ma.su ka 有顏色不一樣的貨嗎？

把以下單字套進 □，開口說說看！

S(エス)サイズ
e.su sa.i.zu
S尺寸

M(エム)サイズ
e.mu sa.i.zu
M尺寸

L(エル)サイズ
e.ru sa.i.zu
L尺寸

小(ちい)さいサイズ
chi.i.sa.i sa.i.zu
小尺寸

大(おお)きいサイズ
o.o.ki.i sa.i.zu
大尺寸

デザインちがい
de.za.i.n chi.ga.i
設計不一樣

跟日本人說說看！

わたし	**：**	**これと同(おな)じで色(いろ)ちがいのものはありますか。**
wa.ta.shi		ko.re to o.na.ji de i.ro chi.ga.i no mo.no wa a.ri.ma.su ka
我	：	有和這個一樣，但顏色不一樣的貨嗎？
店員(てんいん)	**：**	**ほかに赤(あか)と黒(くろ)、グレーがありますが。**
te.n.i.n		ho.ka ni a.ka to ku.ro gu.re.e ga a.ri.ma.su ga
店員	：	其他還有紅色和黑色、灰色。
わたし	**：**	**グレーはどんなグレーですか。**
wa.ta.shi		gu.re.e wa do.n.na gu.re.e de.su ka
我	：	灰色是哪一種灰呢？
店員(てんいん)	**：**	**薄(うす)めのグレーです。**
te.n.i.n		u.su.me no gu.re.e de.su
店員	：	淺一點的灰色。
わたし	**：**	**じゃ、それを見(み)せてください。**
wa.ta.shi		ja so.re o mi.se.te ku.da.sa.i
我	：	那麼，請給我看那個。

漫遊日本Q&A！ 五顏六色，日文怎麼說？

Q：日本的紅綠燈的「綠燈」，日文怎麼說？

A 赤信号(あかしんごう)　B 緑信号(みどりしんごう)　C 青信号(あおしんごう)　D 黄信号(きしんごう)

到日本百貨公司購物，不會說的日文，可以用比的，但是有關「顏色」的日文，如果能記起來，溝通會更加順暢。各種顏色的日文整理如下：

黒(くろ)（黑色）	グレー（灰色）	白(しろ)（白色）	茶色(ちゃいろ)（咖啡色、棕色）
赤(あか)（紅色）	オレンジ（橙色）	黄色(きいろ)（黃色）	緑(みどり)（綠色）
青(あお)（藍色）	ピンク（粉紅色）	水色(みずいろ)（淺藍色）	紫(むらさき)（紫色）

儘管以上的顏色日文是這麼說，但是您知道有個例外嗎？那就是日本的交通號誌，明明是紅色和綠色，「紅燈」叫做「赤信号(あかしんごう)」，「綠燈」卻不叫「緑信号(みどりしんごう)」，而稱「青信号(あおしんごう)」。別吃驚，這是由來已久的習慣，並不是弄錯顏色喔！

答案：C

シャンプー が見（み）つからないんですが。

sha.n.pu.u ga mi.tsu.ka.ra.na.i n de.su ga

找不到 洗髮精 ……。

把以下單字套進 [ ]，開口說說看！

果物（くだもの）
ku.da.mo.no
水果

チョコレート
cho.ko.re.e.to
巧克力

歯みがき粉（はみがきこ）
ha.mi.ga.ki.ko
牙膏

お菓子（おかし）
o.ka.shi
零食

ミネラルウォーター
mi.ne.ra.ru.wo.o.ta.a
礦泉水

カップラーメン
ka.p.pu.ra.a.me.n
杯麵

跟日本人說說看！

わたし　：　カップラーメンが見(み)つからないんですが。
wa.ta.shi　　ka.p.pu.ra.a.me.n ga mi.tsu.ka.ra.na.i n de.su ga
我　　：　找不到杯麵⋯⋯。

店員(てんいん)　：　それでしたら、この隣(となり)のコーナーです。
te.n.i.n　　so.re de.shi.ta.ra ko.no to.na.ri no ko.o.na.a de.su
店員　　：　那個的話，是這個的隔壁區。

わたし　：　それから、シャンプーはどこにありますか。
wa.ta.shi　　so.re ka.ra sha.n.pu.u wa do.ko ni a.ri.ma.su ka
我　　：　還有，洗髮精在哪裡呢？

店員(てんいん)　：　一番奥(いちばんおく)のコーナーです。
te.n.i.n　　i.chi.ba.n o.ku no ko.o.na.a de.su
店員　　：　最裡面的區域。

わたし　：　どうも。
wa.ta.shi　　do.o.mo
我　　：　謝謝。

漫遊日本Q&A！ 到日本超市必買商品

Q：日本超市裡標示的「お買(か)い得(どく)」指的是什麼？

A 特價商品　B 店長推薦　C 過期商品　D 免稅商品

到日本觀光儘管行程緊湊，也一定要抽空到超級市場，因為不僅可以購物，還能夠立即感受當地的庶民文化。

在超市要買的東西因人而異，但如果看到標示「お買(か)い得(どく)」的商品，就表示該商品特價中，買到賺到，您不妨作參考。另外絕對不能錯過的是水果，日本有許多經典水果，像春天有半個拳頭大小、非常甜美的「いちご」（草莓）；夏天有飽滿多汁的「桃(もも)」（水蜜桃）；秋天有清脆爽口的「梨(なし)」（水梨）；冬天有風味獨特的「みかん」（橘子）；還有幾乎和日本水果劃上等號的「りんご」（蘋果）⋯⋯。這些水果雖然不能帶回國內，但是用它們來品味日本，是一定要的！

答案：A

MP3-37

コンビニ ko.n.bi.ni 便利商店

<ruby>割<rt>わ</rt></ruby>りばし はついてますか。

wa.ri.ba.shi wa tsu.i.te.ma.su ka　有附 免洗筷 嗎？

把以下單字套進 ___，開口說說看！

調味料（ちょうみりょう） cho.o.mi.ryo.o 調味料	わさび wa.sa.bi 芥末	醤油（しょうゆ） sho.o.yu 醬油
スプーン su.pu.u.n 湯匙	ケチャップ ke.cha.p.pu 蕃茄醬	おまけ o.ma.ke 贈品

跟日本人說說看！

わたし　：　このお弁当（べんとう）、わさびはついてますか。
wa.ta.shi　ko.no o be.n.to.o wa.sa.bi wa tsu.i.te.ma.su ka
我　：　這個便當，有附芥末嗎？

店員（てんいん）　：　はい、ついてますよ。
te.n.i.n　ha.i tsu.i.te.ma.su yo
店員　：　是的，有附喔！

わたし　：　じゃ、これください。あと、このお茶（ちゃ）を一（ひと）つ。
wa.ta.shi　ja ko.re ku.da.sa.i a.to ko.no o cha o hi.to.tsu
我　：　那麼，請給我這個。還有，這個茶一瓶。

店員（てんいん）　：　お客様（きゃくさま）、こちらのお茶（ちゃ）はいかがですか。
te.n.i.n　o kya.ku sa.ma ko.chi.ra no o cha wa i.ka.ga de.su ka
ドラえもんのおまけがついてますよ。
do.ra.e.mo.n no o.ma.ke ga tsu.i.te.ma.su yo
店員　：　這位客人，這個茶如何呢？
有附哆啦A夢的贈品喔！

わたし　：　それにします!
wa.ta.shi　so.re ni shi.ma.su
我　：　就決定那個！

漫遊日本Q&A！ 日本的便當&「割りばし」

Q：日本的免洗筷，為什麼要用「割（わ）りばし」？

A 表示還沒用過，比較衛生　B 扳開筷子的行為，有開始吃飯的意義
C 這種質材的筷子，吃麵類比較不會滑　D 用完就丟，省時省事

日本是個愛做便當的國家，不管外出郊遊遠足，還是參加學校社區運動會，中午休息時間一到，眾人紛紛打開自己做的便當，或解饞、或分享、或偷偷比較，真是熱鬧極了，也幸福極了。但是出門在外無法做便當時怎麼辦？這時可以到超市、便利商店、或是在車站買當地有特色的「駅弁（えきべん）」（鐵路便當），因為日本不像台灣一樣，到處都有便當店。

買便當時，一定會附上「割（わ）りばし」，這是一種用竹子或木頭、在使用前要扳開的筷子。為什麼要用這種筷子呢？上述答案都對。但是還是提醒您，為了環保，出國也可以帶環保筷喔！

答案：以上皆是

MP3-38

ドラッグストア do.ra.g.gu su.to.a 藥妝店

この ハンドクリーム は
しんしょうひん
新商品です。

ko.no ha.n.do.ku.ri.i.mu wa shi.n.sho.o.hi.n de.su

這個 護手霜 是新產品。

把以下單字套進 □，開口說說看！

アイライナー
a.i.ra.i.na.a
眼線

フェイスマスク
fe.e.su.ma.su.ku
面膜

マスカラ
ma.su.ka.ra
睫毛膏

お
メイク落とし
me.e.ku.o.to.shi
卸妝產品

ほ しつ
保湿クリーム
ho.shi.tsu ku.ri.i.mu
保濕霜

トリートメント
to.ri.i.to.me.n.to
護髮（乳）霜

跟日本人說說看！

店員（てんいん）：保湿（ほしつ）クリームをお探（さが）しですか。
te.n.i.n：ho.shi.tsu ku.ri.i.mu o o sa.ga.shi de.su ka
店員：您在找保濕霜嗎？

わたし：ええ。でもたくさんあって……。
wa.ta.shi：e.e de.mo ta.ku.sa.n a.t.te
我：是的。不過因為有這麼多……。

店員（てんいん）：それでしたら、こちらはいかがですか。
te.n.i.n：so.re de.shi.ta.ra ko.chi.ra wa i.ka.ga de.su ka
この保湿（ほしつ）クリームは新商品（しんしょうひん）です。
ko.no ho.shi.tsu ku.ri.i.mu wa shi.n.sho.o.hi.n de.su
くすみ防止（ぼうし）、美白効果（びはくこうか）もあるんですよ。
ku.su.mi bo.o.shi bi.ha.ku ko.o.ka mo a.ru n de.su yo
店員：如果是那樣的話，這個如何呢？
這個保濕霜是新產品。
也有防止暗沉、美白效果喔！

わたし：じゃ、それにします。
wa.ta.shi：ja so.re ni shi.ma.su
我：那麼，就決定那個。

漫遊日本Q&A！目不暇給的日本藥妝店

Q：藥妝店裡的的「湿布（しっぷ）」，指的是什麼？

A 免洗尿布　B 濕紙巾　C 免洗抹布　D 跌打損傷酸痛貼布

日本藥妝店裡販賣的東西，和台灣大同小異，但是種類和品牌繁多，幾乎教人眼花撩亂，所以建議您張大眼睛，不要入寶山空手而回。

以個人經驗，在購買「美容保養品」時，要注意價格，有的不一定比國內便宜。再者可以挑選在國內沒見過的新產品，日本的產品日新月異，您一定可以滿載而歸。至於價格一定比國內便宜的「藥品」，則建議您不要亂服成藥，只購買用過、有需要的就好。反倒是外用藥品，像是「湿布（しっぷ）」（跌打損傷酸痛貼布）、「絆創膏（ばんそうこう）」（OK繃）、或是「かゆみ止（ど）め」（止癢藥）等，既便宜又好用，就算當伴手禮，也意外地受歡迎呢！

答案：D

MP3-39

電気屋街（でんきやがい） de.n.ki.ya ga.i 電器商店街

もう少し（すこ）安（やす）くしてもらえませんか。

mo.o su.ko.shi ya.su.ku.shi.te mo.ra.e.ma.se.n ka

可以再便宜一點點嗎？

把以下單字套進［　　］，開口說說看！

あと100円（ひゃくえん） a.to hya.ku e.n 再一百日圓	もうちょっと mo.o cho.t.to 再一些	あと300円（さんびゃくえん） a.to sa.n.bya.ku e.n 再三百日圓
あと30（さんじゅっ）パーセント a.to sa.n.ju.p pa.a.se.n.to 再三成	あと1000円（せんえん） a.to se.n e.n 再一千日圓	あと3000円（さんぜんえん） a.to sa.n.ze.n e.n 再三千日圓

跟日本人說說看！

店員（てんいん）：このデジカメ、本日限定（ほんじつげんてい）のお買（か）い得品（どくひん）ですよ!
te.n.i.n：ko.no de.ji.ka.me ho.n.ji.tsu ge.n.te.e no o.ka.i.do.ku.hi.n de.su yo
店員：這個數位相機，是今天限定的特價品喔！

わたし：もうちょっと安（やす）くしてもらえませんか。
wa.ta.shi：mo.o cho.t.to ya.su.ku.shi.te mo.ra.e.ma.se.n ka
我：不能再稍微便宜一些嗎？

店員（てんいん）：これは値引（ねび）きできません。
te.n.i.n：ko.re wa ne.bi.ki de.ki.ma.se.n

あちらでしたら、15（じゅうご）パーセントお安（やす）くしますよ。
a.chi.ra de.shi.ta.ra ju.u.go pa.a.se.n.to o ya.su.ku.shi.ma.su yo
店員：這個不能打折。
那個的話，可以打八五折喔！

わたし：そのデザインはちょっと……。
wa.ta.shi：so.no de.za.i.n wa cho.t.to
我：那個設計有點……。

漫遊日本Q&A！ 推陳出新的日本電器產品

Q：在日本的哪些地方購物，可以殺價？

A 百貨公司 B 電器行 C 超級市場 D 藥妝店

眾所周知，日本的電器舉凡大小家電、3C產品、相機、手機、還有現今最夯的「Wii」等電視遊樂器，不但應有盡有，而且性能好、造型佳、不斷推陳出新，所以受到世界各地人士的喜愛。

提到日本電器，不能不提的還有位於東京的「秋葉原」，這裡是日本最大的電器商店街，櫛比鱗次的高樓大廈裡，全都販賣著電器產品，令人嘆為觀止。

除了秋葉原之外，日本各地的主要車站附近，也都有電器量販店，價格和到秋葉原一樣，都是用定價慢慢「談」出來的。購買電器產品可以談價格，是在到處不能殺價的日本中的一個特例，所以請展現您的實力，好好廝殺一番吧！

答案：B

MP3-40

アウトレット・モール a.u.to.re.t.to mo.o.ru　暢貨大型購物商場

プラダ のお店(みせ)は どこですか。

pu.ra.da no o mi.se wa do.ko de.su ka

PRADA 的店在哪裡呢？

把以下單字套進 □，開口說說看！

グッチ
gu.c.chi
古馳（GUCCI）

シャネル
sha.ne.ru
香奈兒
（CHANEL）

バーバリー
ba.a.ba.ri.i
BURBERRY

ルイ・ヴィトン
ru.i vi.to.n
LV（Louis Vuitton）

アルマーニ
a.ru.ma.a.ni
亞曼尼
（Armani）

コーチ
ko.o.chi
COACH

跟日本人說說看！

わたし wa.ta.shi 我	： ：	**すみません、シャネルのお店（みせ）はどこですか。** su.mi.ma.se.n sha.ne.ru no o mi.se wa do.ko de.su ka 請問，香奈兒的店在哪裡呢？
スタッフ su.ta.f.fu 工作人員	： ：	**あのエルメスのお店（みせ）を右（みぎ）に曲（ま）がったところにあります。** a.no e.ru.me.su no o mi.se o mi.gi ni ma.ga.t.ta to.ko.ro ni a.ri.ma.su 就在那家「愛瑪仕」（HERMES）的店右轉的地方。
わたし wa.ta.shi 我	： ：	**エル……メ……ス……。** e.ru.me.su HER……ME……S……。
スタッフ su.ta.f.fu 工作人員	： ：	**（地図（ちず）を取（と）り出（だ）して示（しめ）す。）ここです。** chi.zu o to.ri.da.shi.te shi.me.su ko.ko de.su （拿出地圖指示。）這裡。
わたし wa.ta.shi 我	： ：	**ああ、分（わ）かりました。どうも。** a.a wa.ka.ri.ma.shi.ta do.o.mo 啊，我知道了。謝謝。

漫遊日本Q&A！ 視覺的饗宴——逛日本名牌精品店

Q：下列哪一個名牌，是日本人所創？

A BURBERRY　　B Giorgio Armani

C Yohji Yamamoto　　D HERMES

要買名牌，除了長途跋涉到歐洲朝聖之外，引領亞洲時尚潮流的日本是最佳選擇。雖然在日本，價格不一定比台灣便宜，但是選擇更多元，還可以買到限量商品，難怪許多名流貴婦趨之若鶩。

到哪裡買呢？首選當然是東京。東京「銀座」、「新宿」等地的知名百貨公司，各大名牌皆有進駐。此外有人氣的購物商場「六本木Hills」、「表參道Hills」以及「東京中城」等，也看得到名牌的身影。

值得一提的，是日本也出了好幾位知名的設計師。像在台灣最受歡迎的「Yohji Yamamoto」，它的設計師是「山本耀司（やまもとようじ）」，還有「Comme des Garçons」的「川久保玲（かわくぼれい）」也是，您也是他們的粉絲嗎？

答案：C

MP3-41

原宿竹下通り（はらじゅくたけしたどおり） ha.ra.ju.ku ta.ke.shi.ta do.o.ri 原宿竹下通

今年（ことし）は カラータイツ が流行（はや）りです。

ko.to.shi wa ka.ra.a ta.i.tsu ga ha.ya.ri de.su 今年流行 彩色緊身襪 。

把以下單字套進 ☐，開口說說看！

グレー
gu.re.e
灰色

チェック
che.k.ku
格紋

ストライプ
su.to.ra.i.pu
條紋

６０年代（ろくじゅうねんだい）スタイル
ro.ku.ju.u ne.n.da.i su.ta.i.ru
六〇年代風格

ミニスカート
mi.ni su.ka.a.to
迷你裙

水玉模様（みずたまもよう）
mi.zu.ta.ma mo.yo.o
水珠花樣

跟日本人說說看！

店員（てんいん） te.n.i.n 店員	： ：	これはいかがですか。 ko.re wa i.ka.ga de.su ka 這個怎麼樣呢？
わたし wa.ta.shi 我	： ：	ちょっと短（みじか）すぎます。 cho.t.to mi.ji.ka.su.gi.ma.su 有點太短。
店員（てんいん） te.n.i.n 店員	： ：	今年（ことし）は超（ちょう）ミニが流行（はや）りなんですよ。 ko.to.shi wa cho.o mi.ni ga ha.ya.ri.na n de.su yo それにお客様（きゃくさま）はスタイルがいいし。 so.re ni o kya.ku sa.ma wa su.ta.i.ru ga i.i shi 今年流行超級迷你的喔！ 而且您的身材很好。
わたし wa.ta.shi 我	： ：	そうですか。じゃ、試着（しちゃく）してみます。 so.o de.su ka ja shi.cha.ku.shi.te mi.ma.su 是那樣嗎？那麼，我試穿看看。

漫遊日本Q&A！ 一整天逛不完的「原宿」

Q：到東京的「原宿（はらじゅく）」可以怎麼玩？

A 「明治神宮」前看街頭藝人表演 B 「表參道Hills」買名品

C 「竹下通」打點又酷又炫的行頭 D 以上皆是

位於東京澀谷區的「原宿」，不但是初次拜訪日本者想一探究竟的地方，就連非東京地區的日本學生，也常常指定該處為畢業旅行的行程之一。

到底哪裡值得一遊呢？首先是祭祀明治天皇的「明治神宮」。這裡不但是日本每年過年期間參拜人數最多的地方（高達三百多萬人），每逢假日，神宮橋附近便聚集身著奇裝異服的街頭藝人，把這裡妝點得好不熱鬧。

到原宿不能錯過的還有購物，喜歡高檔名品者，可以往「表參道」走。至於不計較品牌、愛酷愛炫的年經人，可以往「竹下通」去，那裡只要一萬日圓，足以打點從頭到腳的全身行頭。

答案：D

プレゼント pu.re.ze.n.to 禮物

ラッピングしていただけますか。

ra.p.pi.n.gu.shi.te i.ta.da.ke.ma.su ka

能幫我包裝嗎？

把以下單字套進 ▭，開口說說看！

リボンをかけて
ri.bo.n o ka.ke.te
綁蝴蝶結

カードをつけて
ka.a.do o tsu.ke.te
附卡片

箱（はこ）に入（い）れて
ha.ko ni i.re.te
裝在盒子

シールを貼（は）って
shi.i.ru o ha.t.te
貼貼紙

紙袋（かみぶくろ）に入（い）れて
ka.mi.bu.ku.ro ni i.re.te
放進紙袋

カバーをかけて
ka.ba.a o ka.ke.te
包書套

跟日本人說說看！

わたし	**：**	**プレゼント用（よう）にラッピングしていただけますか。**
wa.ta.shi		pu.re.ze.n.to yo.o ni ra.p.pi.n.gu.shi.te i.ta.da.ke.ma.su ka
我	：	因為要送禮，能幫我包裝嗎？
店員（てんいん）	**：**	**かしこまりました。**
te.n.i.n		ka.shi.ko.ma.ri.ma.shi.ta
		相手（あいて）の方（かた）は男性（だんせい）ですか女性（じょせい）ですか。
		a.i.te no ka.ta wa da.n.se.e de.su ka jo.se.e de.su ka
店員	：	好的。 對方是男性、還是女性呢？
わたし	**：**	**女性（じょせい）です。**
wa.ta.shi		jo.se.e de.su
我	：	女性。
店員（てんいん）	**：**	**じゃ、花模様（はなもよう）の包装紙（ほうそうし）にピンクのリボンをかけましょう。**
te.n.i.n		ja ha.na mo.yo.o no ho.o.so.o.shi ni pi.n.ku no ri.bo.n o ka.ke.ma.sho.o
店員	：	那麼，在花朵圖案的包裝紙上綁粉紅色的蝴蝶結吧！

漫遊日本Q&A！ 日本是最懂得包裝的國家

Q：在日本買成藥，同一家店超過多少錢可以退稅？

A 五千日圓　B 五萬日圓　C 十萬日圓　D 不限金額

在日本，不管禮物金額大小，不管送的東西為何，不管形狀多麼希奇古怪，送禮者一定都會包裝得美美的，藉以表達自己的心意。所以在日本購物後要求包裝，不但不會遭到拒絕，還會得到盡善盡美的包裝服務，絕對不會讓您失望。

不過提醒您，在開心購物和包裝之後，別忘了「退稅」這件事情。日本的消費稅是外加制，購物時一律要多付購物金額的百分之十。還好大部分的百貨公司和量販店等針對外國人，藥妝等消耗品只要超過五千日圓；家電等一般商品只要超過一萬日圓，都可以攜帶收據以及護照，到固定櫃檯辦理退稅，當場退回百分之十的消費稅，很划算吧！

答案：A

說說看

どうしよう。 怎麼辦？

東西丟了？迷路了？受傷了？
生病了？
出國最怕遇到的困擾，
本單元告訴您該怎麼辦。

STEP 8.

トラブル

困擾

物(もの)をなくす　東西丟了

道(みち)に迷(まよ)う　迷路

病気(びょうき)になる　生病

交通事故(こうつうじこ)　交通事故

おつりが足(た)りない　找的錢不夠

ナンパされる　被搭訕

MP3-43

物(もの)をなくす mo.no o na.ku.su 東西丟了

財布(さいふ)をなくしちゃったんですが。

sa.i.fu o na.ku.shi.cha.t.ta n de.su ga 錢包弄丟了……。

把以下單字套進 ☐，開口說說看！

眼鏡(めがね)
me.ga.ne
眼鏡

手帳(てちょう)
te.cho.o
記事本

携帯(けいたい)
ke.e.ta.i
行動電話

クレジットカード
ku.re.ji.t.to.ka.a.do
信用卡

パソコン
pa.so.ko.n
個人電腦

電子辞書(でんしじしょ)
de.n.shi.ji.sho
電子字典

跟日本人說說看！

わたし wa.ta.shi 我	： ：	**バッグをなくしちゃったんですが。** ba.g.gu o na.ku.shi.cha.t.ta n de.su ga 包包弄丟了……。
警察官（けいさつかん） ke.e.sa.tsu.ka.n 警察	： ：	**中（なか）に貴重品（きちょうひん）が入（はい）ってますか。** na.ka ni ki.cho.o.hi.n ga ha.i.t.te.ma.su ka 裡面有放貴重的東西嗎？
わたし wa.ta.shi 我	： ：	**はい。財布（さいふ）とカメラが入（はい）ってます。** ha.i sa.i.fu to ka.me.ra ga ha.i.t.te.ma.su 有。有放著錢包和相機。
警察官（けいさつかん） ke.e.sa.tsu.ka.n 警察	： ：	**じゃ、こちらに記入（きにゅう）してください。** ja ko.chi.ra ni ki.nyu.u.shi.te ku.da.sa.i 那麼，請在這裡填資料。

漫遊日本Q&A！ 遺失物品怎麼辦？

Q：台灣在日本的哪裡有駐日代表處？

A 東京　B 大阪　C 福岡　D 以上皆是

出國旅遊最怕掉東西。遺失隨身物品心疼就算了，最慘的是護照掉了會回不了國。如果不幸遇到了怎麼辦？首先您必須報警，留下資料後，若有消息會通知您。至於護照掉了，必須和最近的台北駐日代表處聯絡，請求協助。聯絡方式如下：

①東京　東京都港區白金台5-20-2　Tel：（03）3280-7811

②大阪　大阪市北區中之島2-3-18　17F、19F
Tel：（06）6227-8623

③橫濱　橫濱市中區日本大通60番地　朝日生命大樓2F
Tel：（045）641-7736~8

④福岡　福岡市中央區櫻坂3-12-42　Tel：（092）734-2810

答案：D

MP3-44

道(みち)に迷(まよ)う mi.chi ni ma.yo.u 迷路

そこを右(みぎ)に曲(ま)がってください。

so.ko o mi.gi ni ma.ga.t.te ku.da.sa.i

請在那裡右轉。

把以下單字套進 ☐，開口說說看！

駅(えき)
e.ki
車站

デパート
de.pa.a.to
百貨公司

小学校(しょうがっこう)
sho.o.ga.k.ko.o
小學

公園(こうえん)
ko.o.e.n
公園

銀行(ぎんこう)
gi.n.ko.o
銀行

コンビニ
ko.n.bi.ni
便利商店

跟日本人說說看！

わたし　：（東京タワーのパンフレットを見せて。）
wa.ta.shi　to.o.kyo.o ta.wa.a no pa.n.fu.re.t.to o mi.se.te
すみません、ここに行きたいんですが。
su.mi.ma.se.n ko.ko ni i.ki.ta.i n de.su ga
我　：（讓對方看東京鐵塔的導覽手冊。）
不好意思，我想去這裡……。

日本人　：方向がちがいますよ。
ni.ho.n.ji.n　ho.o.ko.o ga chi.ga.i.ma.su yo
日本人　：方向錯了喔！

わたし　：ええ、道に迷っちゃったんです。
wa.ta.shi　e.e mi.chi ni ma.yo.c.cha.t.ta n de.su
我　：是的，我不小心迷路了。

日本人　：あの公園を右に曲がってください。
ni.ho.n.ji.n　a.no ko.o.e.n o mi.gi ni ma.ga.t.te ku.da.sa.i
日本人　：請在那個公園右轉。

漫遊日本Q&A！ 迷路時找救兵

Q：從國外撥打電話回台灣，台灣地區的國碼是多少？

A 81　B 813　C 86　D 886

在國內迷路都會嚇出一身冷汗，更何況是在人生地不熟、語言又不通的國度。還好日本是個治安良好、人民和善的國家，所以迷路時不需要擔心。

迷路時，如果手頭上有目的地的導覽簡章，可以給路人看，他們會指引您方向；如果沒有，寫中文字也可以通，因為日文的地名，大部分都是漢字。如果真的還是沒辦法，打電話求救吧！日本撥打國際電話回台灣，方法如下：

國際冠碼	+台灣地區國碼	+區域號碼	+用戶電話號碼
001　或 0041　或 0061	886	2 （要刪掉區域號碼前面的0，例如台北就是2）	1234-5678

答案：D

病気（びょうき）になる byo.o.ki ni na.ru 生病

頭（あたま）がとても痛（いた）いんです。

a.ta.ma ga to.te.mo i.ta.i n de.su 頭非常地痛。

把以下單字套進 □，開口說說看！

胃（い） i 胃	胸（むね） mu.ne 胸	腰（こし） ko.shi 腰
お腹（なか） o.na.ka 肚子	歯（は） ha 牙齒	後頭部（こうとうぶ） ko.o.to.o.bu 後頭部

跟日本人說說看！

ドクター	：	どうしましたか。
do.ku.ta.a		do.o shi.ma.shi.ta ka
醫生	：	怎麼了？
わたし	：	お腹(なか)がとても痛(いた)いんです。
wa.ta.shi		o.na.ka ga to.te.mo i.ta.i n de.su
我	：	肚子非常地痛。
ドクター	：	ほかには。
do.ku.ta.a		ho.ka ni wa
醫生	：	還有呢？
わたし	：	ちょっと熱(ねつ)があるみたいです。
wa.ta.shi		cho.t.to ne.tsu ga a.ru mi.ta.i de.su
我	：	好像有點發燒。

漫遊日本Q&A！ 日本的白色巨塔

Q：在日本看個小感冒，沒有日本國民保險，大約需要支付多少費用？

A 五百日圓 B 一千日圓 C 一～二千日圓 D 三～五千日圓

最掃興的事情，莫過於出國旅行時生病了。所以建議您出國時，務必攜帶平日經常服用的藥品，以免敗興而歸。

然而突然水土不服，發生感冒、拉肚子等症狀時怎麼辦？在日本看病不便宜，小感冒跑趟小醫院，沒有國民保險的外國人，大約需要支付三～五千日圓，折合台幣最少也要一千元，所以症狀輕微時，可以到藥妝店，請藥劑師為您推薦成藥就好。至於症狀比較嚴重時，白天可以到醫院看診，但是遇到晚上和假日，小型醫院沒有開，而大型醫院也因為日本的醫療體系，不是每一間醫院都隨時接受急診，所以這時候，只能求助飯店的人，請教他們該怎麼辦了。

答案：D

準備篇
機場篇
交通篇
住宿篇
用餐篇
觀光篇
購物篇
困擾篇

交通事故（こうつうじこ） ko.o.tsu.u ji.ko 交通事故

誰（だれ）か 救急車（きゅうきゅうしゃ）を呼（よ）んで ください。

da.re ka kyu.u.kyu.u.sha o yo.n.de ku.da.sa.i

誰來 叫一下救護車 。

把以下單字套進 ▭，開口說說看！

助（たす）けて
ta.su.ke.te
幫一下忙

来（き）て
ki.te
過來一下

警察（けいさつ）に電話（でんわ）して
ke.e.sa.tsu ni de.n.wa.shi.te
打電話給警察一下

証人（しょうにん）になって
sho.o.ni.n ni na.t.te
當一下證人

１１９番（ひゃくじゅうきゅうばん）して
hya.ku.ju.u.kyu.u.ba.n.shi.te
打一下119

通訳（つうやく）して
tsu.u.ya.ku.shi.te
翻譯一下

跟日本人說說看！

わたし wa.ta.shi 我	： ：	（歩いていて車にぶつけられる。） a.ru.i.te i.te ku.ru.ma ni bu.tsu.ke.ra.re.ru （走路被車撞到。）
通りすがりの人 to.o.ri.su.ga.ri no hi.to 剛好路過的人	： ：	だいじょうぶですか。 da.i.jo.o.bu de.su ka 不要緊嗎？
わたし wa.ta.shi 我	： ：	立ち上がれません。 ta.chi.a.ga.re.ma.se.n 站不起來。
通りすがりの人 to.o.ri.su.ga.ri no hi.to 剛好路過的人	： ：	誰か救急車を呼んでください。 da.re ka kyu.u.kyu.u.sha o yo.n.de ku.da.sa.i 誰來叫一下救護車。

漫遊日本Q&A！ 遇到緊急狀況時，先求救！

Q：在日本遇到緊急狀況打公共電話時，要注意哪些事情？

A 打119 B 打110 C 不需要投幣 D 以上皆是

出國遇到車禍等嚴重事故時，一定要立刻求救。求救時，火警和救護車撥打「119」；警察局撥打「110」，請把它記下來。

在日本，遇到緊急狀況撥打公共電話時，不需要投幣、也不需要用電話卡，拿起話筒直接撥號即可。如果是舊式的綠色電話，電話機體左下方有顆紅色按鈕，直接按下就可通話。

另外請讀者務必記住「救命！」的日文「助けて！」，在手忙腳亂、言語又不通的情況下，會是保命的一句話！

答案：D

おつりが足（た）りない o.tsu.ri ga ta.ri.na.i 找的錢不夠

おつりが 100円（ひゃく えん） 足（た）りないみたいなんですが。

o.tsu.ri ga hya.ku e.n ta.ri.na.i mi.ta.i.na n de.su ga

找的錢好像差 一百日圓 的樣子……。

把以下單字套進 ☐，開口說說看！

ろくじゅうえん 60円 ro.ku.ju.u e.n 六十日圓	ごえん 5円 go e.n 五日圓	はちじゅうえん 80円 ha.chi.ju.u e.n 八十日圓
せん えん 1000円 se.n e.n 一千日圓	ひゃくごじゅうえん 150円 hya.ku.go.ju.u e.n 一百五十日圓	ご ひゃく えん 500円 go.hya.ku e.n 五百日圓

跟日本人說說看！

わたし　：　おつりが50円(ごじゅうえん)足(た)りないみたいなんですが。
wa.ta.shi　：　o.tsu.ri ga go.ju.u e.n ta.ri.na.i mi.ta.i.na n de.su ga
我　：　找的錢好像差五十日圓的樣子……。

店員(てんいん)　：　失礼(しつれい)いたしました。
te.n.i.n　：　shi.tsu.re.e i.ta.shi.ma.shi.ta
レシートを拝見(はいけん)できますか。
re.shi.i.to o ha.i.ke.n de.ki.ma.su ka
店員　：　抱歉。
能不能讓我看一下收據呢？

わたし　：　（レシートを渡(わた)す。）
wa.ta.shi　：　re.shi.i.to o wa.ta.su
我　：　（給對方收據。）

店員(てんいん)　：　こちらのミスです。
te.n.i.n　：　ko.chi.ra no mi.su de.su
たいへん失礼(しつれい)いたしました。
ta.i.he.n shi.tsu.re.e i.ta.shi.ma.shi.ta
店員　：　是這裡的疏忽。
非常抱歉。

漫遊日本Q&A！ 日本結帳學問大

Q：在日本支付消費時，要支付多少消費稅？

A 3%　B 8%　C 10%　D 15%

日本不僅是美食天堂，也是購物天堂，所以帶再多的錢過去，似乎也不夠用。

日本不是任何地方都能使用信用卡，超市、車站、路邊攤等地，都須使用現金。日本的紙幣有一萬、五千、二千、一千之分，由於顏色非常相近，所以掏錢時，自己要看清楚。另外日本現在所有的消費，除了車票之外，都必須支付百分之十的消費稅，也就是一千日圓的消費，在結帳時，要支付一千零一百日圓，請讀者特別注意。最後，在日本沒有統一發票，如果您的消費要帶回國內報帳，這時請說「領収書(りょうしゅうしょ)をください」（請給我收據），店員便會幫您寫上抬頭以及明細，方便您報帳。

答案：C

MP3-48

ナンパされる na.n.pa.sa.re.ru 被搭訕

ふじわらのりか
藤原紀香に似(に)てるって言(い)われない。

fu.ji.wa.ra no.ri.ka ni ni.te.ru t.te i.wa.re.na.i

沒有人說妳和[藤原紀香]很像嗎？

把以下單字套進 [　　]，開口說說看！

はまさき
浜崎あゆみ
ha.ma.sa.ki a.yu.mi
濱崎步

ビビアン・スー
bi.bi.a.n su.u
徐若瑄

なかしまみか
中島美嘉
na.ka.shi.ma mi.ka
中島美嘉

ときわたかこ
常盤貴子
to.ki.wa ta.ka.ko
常盤貴子

テレサ・テン
te.re.sa te.n
鄧麗君

あむろなみえ
安室奈美恵
a.mu.ro na.mi.e
安室奈美恵

跟日本人說說看！

ナンパ男 na.n.pa o.to.ko 搭訕男子	： ：	**ぼくとお茶しない。** bo.ku to o cha shi.na.i 要不要和我一起喝杯茶？
わたし wa.ta.shi 我	： ：	**（無視する。）** mu.shi.su.ru （視若無睹。）
ナンパ男 na.n.pa o.to.ko 搭訕男子	： ：	**藤原紀香に似てるって言われない。** fu.ji.wa.ra no.ri.ka ni ni.te.ru t.te i.wa.re.na.i **携帯の番号、教えっこしようよ。** ke.e.ta.i no ba.n.go.o o.shi.e.k.ko.shi.yo.o yo 沒有人說妳和藤原紀香很像嗎？ 行動電話號碼，交換一下吧！
わたし wa.ta.shi 我	： ：	**けっこうです!!** ke.k.ko.o de.su 沒必要！！

漫遊日本Q&A！ 防止犯罪，大家一起來

Q：在日本地下鐵車站經常可以看到的「痴漢追放」警示標語，意思為何？

A 小心扒手　B 趕走色狼　C 嚴禁喝酒　D 打擊罪犯

儘管日本的治安良好，多少還是有「**泥棒**」（小偷）、「**すり**」（扒手）、「**ひったくり**」（強盜）、「**痴漢**」（色狼）之類的害群之馬。尤其是「**痴漢**」問題，在擁擠的電車上最容易發生，一直以來深深困擾著日本女性，所以在日本地下鐵車站，才經常會看到有「**痴漢追放**」警示標語，就是要大家遇到「**痴漢**」時，絕對不可以隨他上下其手，要大聲說「**やめて！**」（住手！），來保護自己。

另外，日本為了體貼女性這方面的安全，許多地方在晚上或交通尖峰時間都有「**女性専用車両**」（女性專用車廂），真是太感人了。

答案：B

說說看

たの
楽しかった。 好好玩。

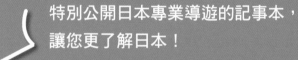

除了美食篇、觀光篇、住宿篇……
之外，
特別公開日本專業導遊的記事本，
讓您更了解日本！

附錄

ガイドさんの手帳（てちょう）

導遊的記事本

日本地圖＋重要都市
日本的行政區與各縣市
從機場到飯店的自由行指南
七大都市電車路線圖
在日本不吃太可惜的美食
日本棒球小常識
日本的祭典
日本的節日
實用日語教室
日語音韻表

導遊報位！

日本地圖＋重要都市

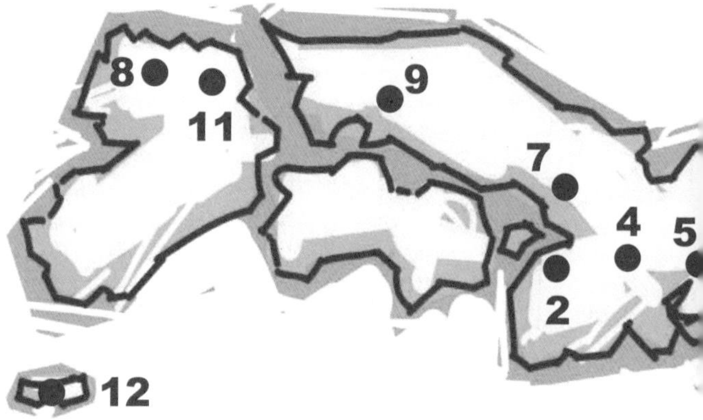

とうきょう と

1東京都 < to.o.kyo.o to > 1400萬人

在東方，能站在世界舞台上，和紐約、倫敦、巴黎等西方國際大城並列，引領世界潮流的大都會，非東京莫屬。想了解日本嗎？第一站，就選擇東京！

おおさか ふ

2大阪府 < o.o.sa.ka fu > 880萬人

遊大阪的第一站理當是「大阪城」，因為這裡是大阪的象徵。接著是熱鬧、刺激的「環球影城」。至於世界最大的海洋水族館「海遊館」，令人驚歎海底世界的奇妙和大自然的偉大，豈可錯過！

よこはま し

3横浜市 < yo.ko.ha.ma shi > 380萬人

橫濱哪裡好玩呢？有名景點有「明治大正風」的「橫濱紅磚倉庫」；「西洋風」的「山手」；「中華風」的「橫濱中華街」；還有「未來風」的「港口未來21」。今天，您要到哪裡呢？

きょう と ふ

4京都府 < kyo.o.to fu > 250萬人

一直到西元一八六九年遷都到東京為止，京都當了大和民族一千多年的首都。在文化薰陶下，京都遺留下一千四百多間寺院、四百多間神社。其中法相莊嚴的佛像、珍貴的藝術寶物，將京都妝點成全球獨一無二的魅力古都。請您放慢腳步，細細體會……。

な ご や し

5名古屋市 < na.go.ya shi > 230萬人

您知道織田信長、豐臣秀吉、德川家康這三位武將都是出身於名古屋嗎？請拜訪日本三大名城之一的名古屋城吧！集美麗與雄偉於一身的古城，將述說他們叱吒風雲的故事……。

さっぽろ し

6札幌市 < sa.p.po.ro shi > 200萬人

來到雪的故鄉札幌，非拜訪不可的是人氣景點「北海道廳舊本廳舍」、「時鐘台」、還有每一年都盛大舉辦雪祭的「大通公園」！

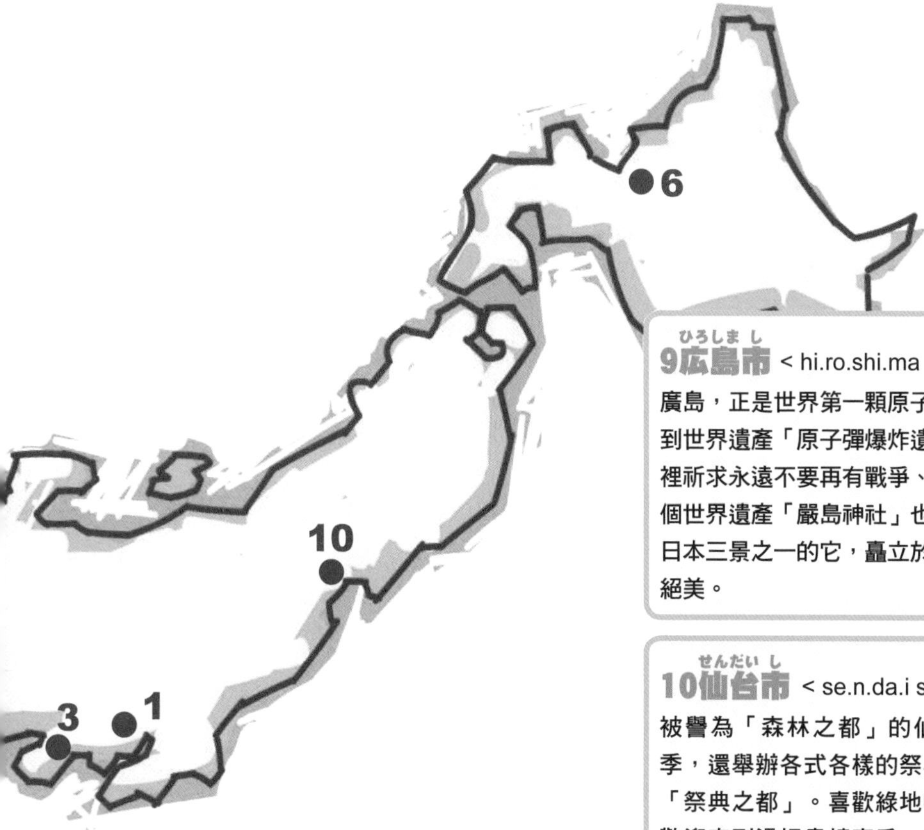

7神戶市 < ko.o.be shi > 150萬人

神戶最知名的觀光地，就屬幕府末期歐美人士住過的「異人館街」了。十數幢建築物中，以德式建築的「風見雞之館」、以及從二樓陽台可遠眺海面的「萌黃之館」最有名，是日本國家指定重要文化財產喔！

8福岡市 < fu.ku.o.ka shi > 160萬人

您知道亞洲週刊每年公布，亞洲最適合居住城市的冠軍是哪裡嗎？就是日本福岡！那裡有好山、好水、好溫泉、好拉麵、還有好人情——所以，趕快到福岡好好玩吧！

9広島市 < hi.ro.shi.ma shi > 118萬人

廣島，正是世界第一顆原子彈投下的地方。請到世界遺產「原子彈爆炸遺址」看看吧！在那裡祈求永遠不要再有戰爭、永遠和平。而另一個世界遺產「嚴島神社」也不容錯過。被譽為日本三景之一的它，矗立於瀨戶內海上，真是絕美。

10仙台市 < se.n.da.i shi > 110萬人

被譽為「森林之都」的仙台，因為依照四季，還舉辦各式各樣的祭典，所以也被稱為「祭典之都」。喜歡綠地嗎？喜歡熱鬧嗎？歡迎來到這裡盡情享受。當然，也別忘了順道拜訪日本三景之一的「松島」喔！

11北九州市 < ki.ta.kyu.u.shu.u shi > 92萬人

北九州最有名的莫過於門司港了。一幢幢磚紅色的建築，述說著一段段百年物語，搭乘人力車徜徉其間，彷彿走入時光隧道，您一定會喜歡。至於喜歡遊樂園的人，「太空世界」也不會讓您失望喔！

12那覇市 < na.ha shi > 31萬人

擁有清澈透明海水與純白潔淨沙灘的沖繩，是日本電視連續劇的最佳背景舞台。搭機到沖繩的首府那霸吧！陽光！沙灘！這個充滿魅力的熱情島嶼，正呼喚著您！

日本的行政區與各縣市

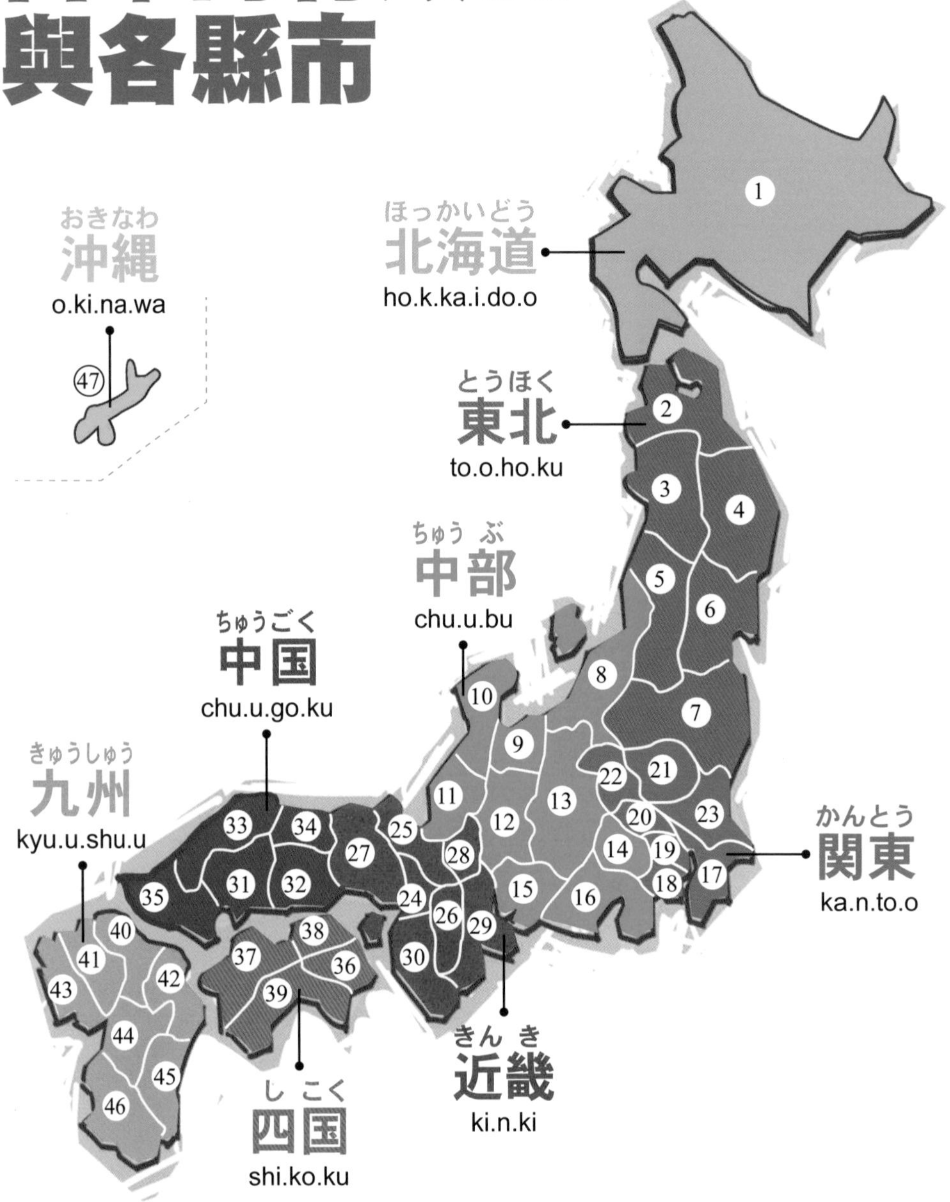

おきなわ
沖縄
o.ki.na.wa
ほっかいどう
北海道
ho.k.ka.i.do.o
とうほく
東北
to.o.ho.ku
ちゅう ぶ
中部
chu.u.bu
ちゅうごく
中国
chu.u.go.ku
きゅうしゅう
九州
kyu.u.shu.u
かんとう
関東
ka.n.to.o
きん き
近畿
ki.n.ki
し こく
四国
shi.ko.ku
1
2
3
4
5
6
7
8
9
10
11
12
13
14
15
16
17
18
19
20
21
22
23
24
25
26
27
28
29
30
31
32
33
34
35
36
37
38
39
40
41
42
43
44
45
46
47

1. ほっかいどう
北海道
ho.k.ka.i.do.o

2. あおもりけん
青森県
a.o.mo.ri ke.n

3. あきたけん
秋田県
a.ki.ta ke.n

4. いわてけん
岩手県
i.wa.te ke.n

5. やまがたけん
山形県
ya.ma.ga.ta ke.n

6. みやぎけん
宮城県
mi.ya.gi ke.n

7. ふくしまけん
福島県
fu.ku.shi.ma ke.n

8. にいがたけん
新潟県
ni.i.ga.ta ke.n

9. とやまけん
富山県
to.ya.ma ke.n

10. いしかわけん
石川県
i.shi.ka.wa ke.n

11. ふくいけん
福井県
fu.ku.i ke.n

12. ぎふけん
岐阜県
gi.fu ke.n

13. ながのけん
長野県
na.ga.no ke.n

14. やまなしけん
山梨県
ya.ma.na.shi ke.n

15. あいちけん
愛知県
a.i.chi ke.n

16. しずおかけん
静岡県
shi.zu.o.ka ke.n

17. ちばけん
千葉県
chi.ba ke.n

18. かながわけん
神奈川県
ka.na.ga.wa ke.n

19. とうきょうと
東京都
to.o.kyo.o to

20. さいたまけん
埼玉県
sa.i.ta.ma ke.n

21. とちぎけん
栃木県
to.chi.gi ke.n

22. ぐんまけん
群馬県
gu.n.ma ke.n

23. いばらきけん
茨城県
i.ba.ra.ki ke.n

24	おおさかふ	大阪府	o.o.sa.ka fu
25	きょうとふ	京都府	kyo.o.to fu
26	ならけん	奈良県	na.ra ke.n
27	ひょうごけん	兵庫県	hyo.o.go ke.n
28	しがけん	滋賀県	shi.ga ke.n
29	みえけん	三重県	mi.e ke.n
30	わかやまけん	和歌山県	wa.ka.ya.ma ke.n
31	ひろしまけん	広島県	hi.ro.shi.ma ke.n
32	おかやまけん	岡山県	o.ka.ya.ma ke.n
33	しまねけん	島根県	shi.ma.ne ke.n
34	とっとりけん	鳥取県	to.t.to.ri ke.n
35	やまぐちけん	山口県	ya.ma.gu.chi ke.n
36	とくしまけん	徳島県	to.ku.shi.ma ke.n
37	えひめけん	愛媛県	e.hi.me ke.n
38	かがわけん	香川県	ka.ga.wa ke.n
39	こうちけん	高知県	ko.o.chi ke.n
40	ふくおかけん	福岡県	fu.ku.o.ka ke.n
41	さがけん	佐賀県	sa.ga ke.n
42	おおいたけん	大分県	o.o.i.ta ke.n
43	ながさきけん	長崎県	na.ga.sa.ki ke.n
44	くまもとけん	熊本県	ku.ma.mo.to ke.n
45	みやざきけん	宮崎県	mi.ya.za.ki ke.n
46	かごしまけん	鹿児島県	ka.go.shi.ma ke.n
47	おきなわけん	沖縄県	o.ki.na.wa ke.n

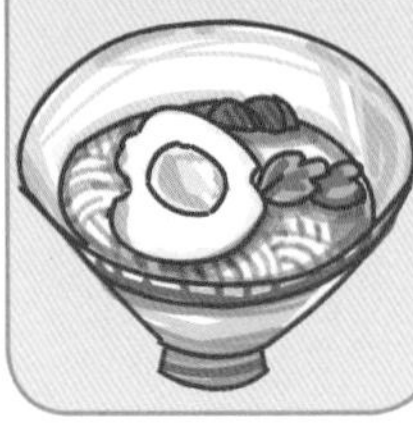

導遊指路！

從機場到飯店的自由行指南

知道如何搭飛機抵達日本，但接下來要怎麼去飯店，卻毫無頭緒？面對機場內標示牌上密密麻麻的日文字，真的很容易茫茫然。以下舉出日本最大二座國際機場：成田機場與關西機場，並針對如何順利從機場抵達東京與大阪的飯店，為您做詳細的介紹！

從成田機場→東京都內

出海關之後…

搭電車

從成田機場境內「成田空港駅」（成田機場站）或「空港第二ビル駅」（機場第二航廈站）出發，循著「京成線・ＪＲ線のりば」（京成線・JR線入口）的標示牌前進，即可搭JR線、京成線或JR成田Express線（成田エクスプレス）抵達東京市區。JR線或JR成田Express線皆有停靠位於山手線上的大站，如東京、品川、新宿等，從這邊換車，抵達飯店所在的車站，最多只需幾十分鐘。

搭巴士

在「成田機場」和「機場第二航廈」都可以搭乘「リムジンバス」（機場利木津巴士）抵達東京都內各車站，如銀座、赤坂、池袋、新宿、澀谷、品川等等。由於下車之處與各大飯店距離都不遠，徒步數分鐘可抵，所以也是極為方便的交通選擇。有關巴士班次，買票時需再詳細確認。在機場內循著「バス乗車券」（巴士乘車券）的標示牌前進買票，買好之後循著「出口／バス・タクシー」（出口／巴士・計程車）標示牌前往候車處，候車處有佈告欄，清楚畫著前往不同地區的候車處標示。搭乘巴士約需八十到一百分鐘，沿途可以在舒適的座位上欣賞東京灣景。

搭計程車

如果趕時間，或是不計較花大錢的話，可以循著「出口／バス・タクシー」（出口／巴士・計程車）標示牌抵達出口，就可以坐上等待著客人的計程車。從機場到東京市內價格，加上高速公路費用，二萬五千日圓應該是跑不掉的！

從關西空港→大阪市內

出海關之後…

搭電車

在關西國際機場內找到「関西国際空港駅」（關西國際機場站），紅色剪票口的「JR列車」可以到大阪、京都、奈良等各大都市車站，藍色剪票口的「南海電鐵」則可以直接到大阪市內的難波站。

搭巴士、計程車

「國際線International」循著此字牌走出機場，在機場門口搭乘「機場利木津巴士」或計程車都可直接前往位於大阪市內的飯店。

東京電車路線圖

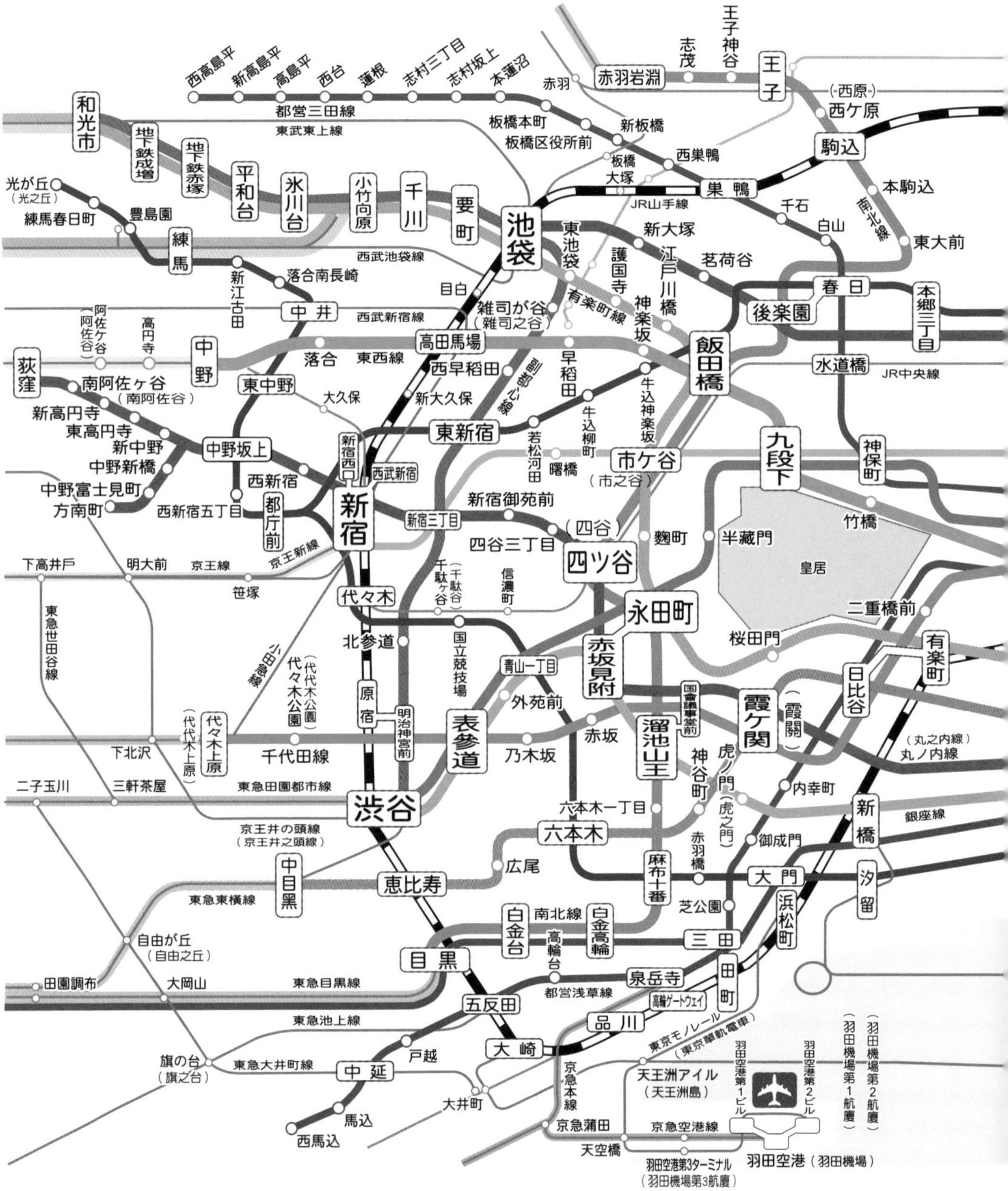

赤羽岩淵
志茂
王子神谷
王子
赤羽
西ケ原
（西原）
駒込
本駒込
南北線
東大前
西高島平
新高島平
高島平
西台
蓮根
志村三丁目
志村坂上
本蓮沼
都営三田線
東武東上線
板橋本町
板橋区役所前
新板橋
西巣鴨
板橋
大塚
巣鴨
JR山手線
千石
白山
和光市
地下鉄成増
地下鉄赤塚
平和台
氷川台
小竹向原
千川
要町
池袋
東池袋
新大塚
護国寺
江戸川橋
茗荷谷
春日
本郷三丁目
後楽園
光が丘
（光之丘）
練馬春日町
豊島園
練馬
西武池袋線
新江古田
落合南長崎
目白
雑司が谷
（雑司之谷）
有楽町線
神楽坂
飯田橋
中井
西武新宿線
阿佐ケ谷
（阿佐谷）
高円寺
中野
落合
東西線
高田馬場
西早稲田
副都心線
早稲田
水道橋
JR中央線
荻窪
南阿佐ケ谷
（南阿佐谷）
新高円寺
東高円寺
新中野
中野新橋
中野富士見町
方南町
東中野
大久保
新大久保
東新宿
牛込柳町
牛込神楽坂
九段下
神保町
中野坂上
新宿西口
西武新宿
若松河田
曙橋
市ケ谷
（市之谷）
西新宿
西新宿五丁目
都庁前
新宿
新宿御苑前
新宿三丁目
（四谷）
四谷三丁目
四ツ谷
麹町
半蔵門
竹橋
皇居
京王新線
下高井戸
明大前
京王線
笹塚
代々木
千駄ケ谷
（千駄谷）
信濃町
永田町
二重橋前
桜田門
有楽町
東急世田谷線
小田急線
代々木公園
（代代木公園）
北参道
国立競技場
青山一丁目
赤坂見附
国会議事堂前
日比谷
原宿
明治神宮前
外苑前
霞ケ関
（霞關）
代々木上原
（代代木上原）
下北沢
千代田線
表参道
乃木坂
赤坂
溜池山王
神谷町
虎ノ門
（虎之門）
（丸之内線）
丸ノ内線
内幸町
二子玉川
三軒茶屋
東急田園都市線
渋谷
六本木一丁目
新橋
銀座線
京王井の頭線
（京王井之頭線）
六本木
赤羽橋
御成門
中目黒
広尾
恵比寿
麻布十番
大門
浜松町
汐留
東急東横線
芝公園
白金台
南北線
白金高輪
三田
高輪台
自由が丘
（自由之丘）
目黒
田町
田園調布
大岡山
東急目黒線
都営浅草線
泉岳寺
高輪ゲートウェイ
五反田
品川
東急池上線
東京モノレール
（東京單軌電車）
戸越
大崎
旗の台
（旗之台）
東急大井町線
中延
京急本線
羽田空港第1ビル
羽田空港第2ビル
（羽田機場第1航廈）
（羽田機場第2航廈）
天王洲アイル
（天王洲島）
大井町
馬込
西馬込
京急蒲田
京急空港線
天空橋
羽田空港第3ターミナル
（羽田機場第3航廈）
羽田空港（羽田機場）

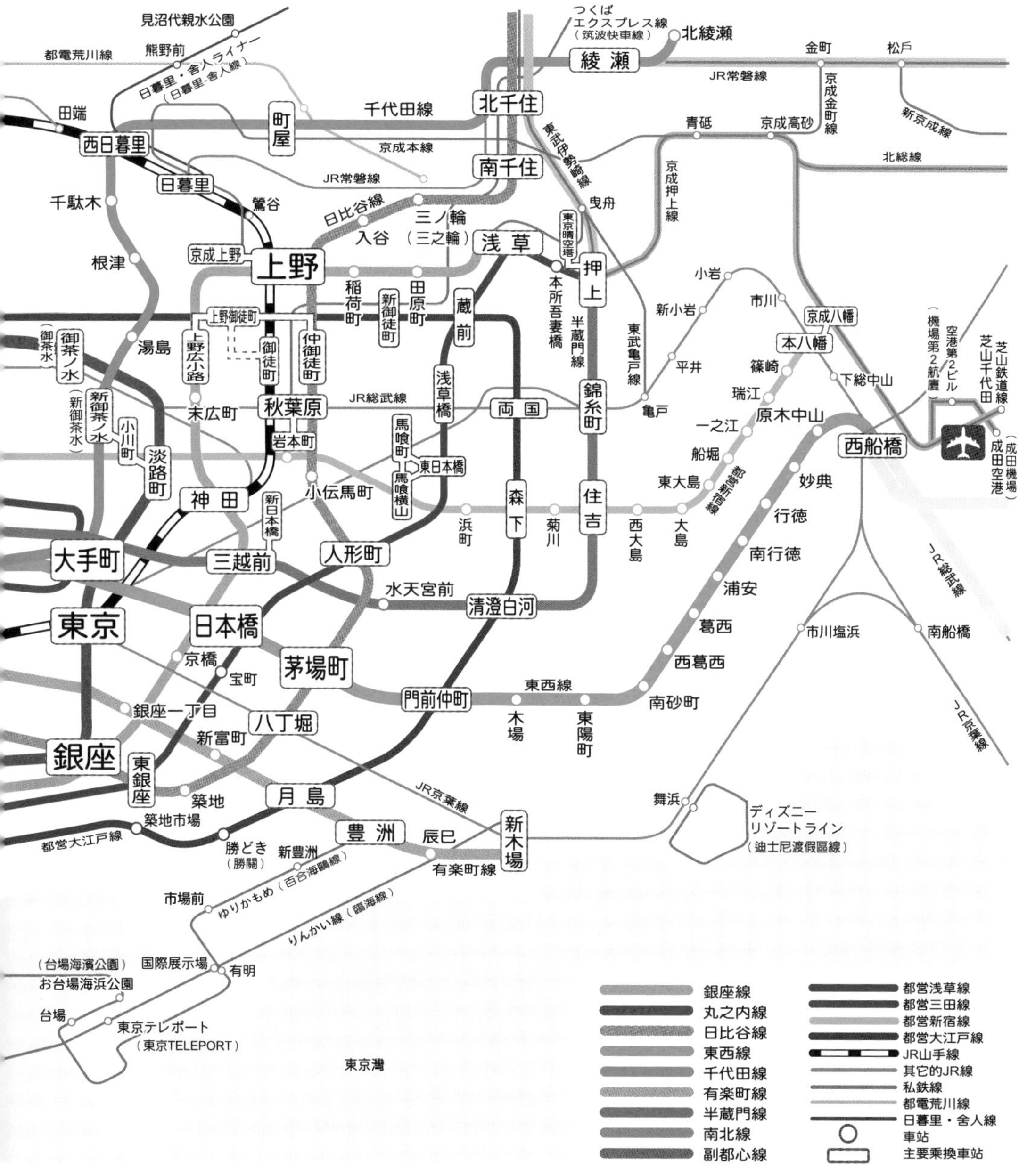
見沼代親水公園
都電荒川線
熊野前
日暮里・舎人ライナー
（日暮里-舍人線）
田端
西日暮里
町屋
千代田線
北千住
つくば
エクスプレス線
（筑波快車線）
北綾瀬
綾瀬
金町
松戸
JR常磐線
京成金町線
新京成線
京成本線
南千住
青砥
京成高砂
北総線
日暮里
JR常磐線
東武伊勢崎線
京成押上線
千駄木
鶯谷
日比谷線
三ノ輪
（三之輪）
曳舟
入谷
東京晴空塔
根津
京成上野
上野
浅草
押上
本所吾妻橋
小岩
稲荷町
田原町
蔵前
半蔵門線
新小岩
市川
京成八幡
上野御徒町
新御徒町
御茶ノ水
（御茶水）
湯島
上野広小路
御徒町
仲御徒町
東武亀戸線
平井
本八幡
篠崎
下総中山
空港第2ビル
（機場第2航廈）
芝山千代田
芝山鉄道線
新御茶ノ水
（新御茶水）
末広町
秋葉原
JR総武線
浅草橋
両国
錦糸町
亀戸
瑞江
一之江
原木中山
小川町
淡路町
岩本町
馬喰町
東日本橋
馬喰横山
船堀
西船橋
成田空港
（成田機場）
東大島
都営新宿線
妙典
神田
小伝馬町
新日本橋
浜町
森下
菊川
住吉
西大島
大島
行徳
大手町
三越前
人形町
南行徳
水天宮前
JR総武線
東京
日本橋
清澄白河
浦安
葛西
市川塩浜
南船橋
京橋
茅場町
西葛西
宝町
東西線
門前仲町
南砂町
銀座一丁目
木場
東陽町
八丁堀
JR京葉線
新富町
銀座
東銀座
築地
月島
JR京葉線
舞浜
築地市場
新木場
ディズニー
リゾートライン
（迪士尼渡假區線）
都営大江戸線
勝どき
（勝鬨）
新豊洲
豊洲
辰巳
有楽町線
ゆりかもめ（百合海鷗線）
市場前
りんかい線（臨海線）
国際展示場
有明
（台場海濱公園）
お台場海浜公園
台場
東京テレポート
（東京TELEPORT）
東京灣
銀座線
丸之内線
日比谷線
東西線
千代田線
有楽町線
半蔵門線
南北線
副都心線
都営浅草線
都営三田線
都営新宿線
都営大江戸線
JR山手線
其它的JR線
私鉄線
都電荒川線
日暮里・舎人線
車站
主要乘換車站

東京各主要鐵路路線

熟悉東京的各線名稱，不論在問路，還是找路上，都能幫助您輕鬆轉車換車，悠遊大都會東京！

	とえいみたせん 都営三田線	to.e.e mi.ta se.n
	ふくとしんせん 副都心線	fu.ku.to.shi.n se.n
	ゆうらくちょうせん 有楽町線	yu.u.ra.ku.cho.o se.n
	とえいおおえどせん 都営大江戸線	to.e.e o.o.e.do se.n
	まるのうちせん 丸ノ内線	ma.ru.no.u.chi se.n
	ちよだせん 千代田線	chi.yo.da se.n
	とうざいせん 東西線	to.o.za.i se.n
	とえいあさくさせん 都営浅草線	to.e.e a.sa.ku.sa se.n
	ぎんざせん 銀座線	gi.n.za se.n
	はんぞうもんせん 半蔵門線	ha.n.zo.o.mo.n se.n
	ひびやせん 日比谷線	hi.bi.ya se.n
	なんぼくせん 南北線	na.n.bo.ku se.n
	とえいしんじゅくせん 都営新宿線	to.e.e shi.n.ju.ku se.n
	やまのてせん 山手線	ya.ma.no.te se.n
	とうきょうりんかいこうそくてつどう 東京臨海高速鉄道	to.o.kyo.o.ri.n.ka.i ko.o.so.ku te.tsu.do.o
	けいようせん 京葉線	ke.e.yo.o se.n
	ちゅうおうせん 中央線	chu.u.o.o se.n

東京第一線：JR山手線

山手線，是乘坐東京電車時絕不會錯過的一條重要的鐵路線，熟悉山手線的各站名稱，對您的東京自由行，將會有莫大的助益喔！

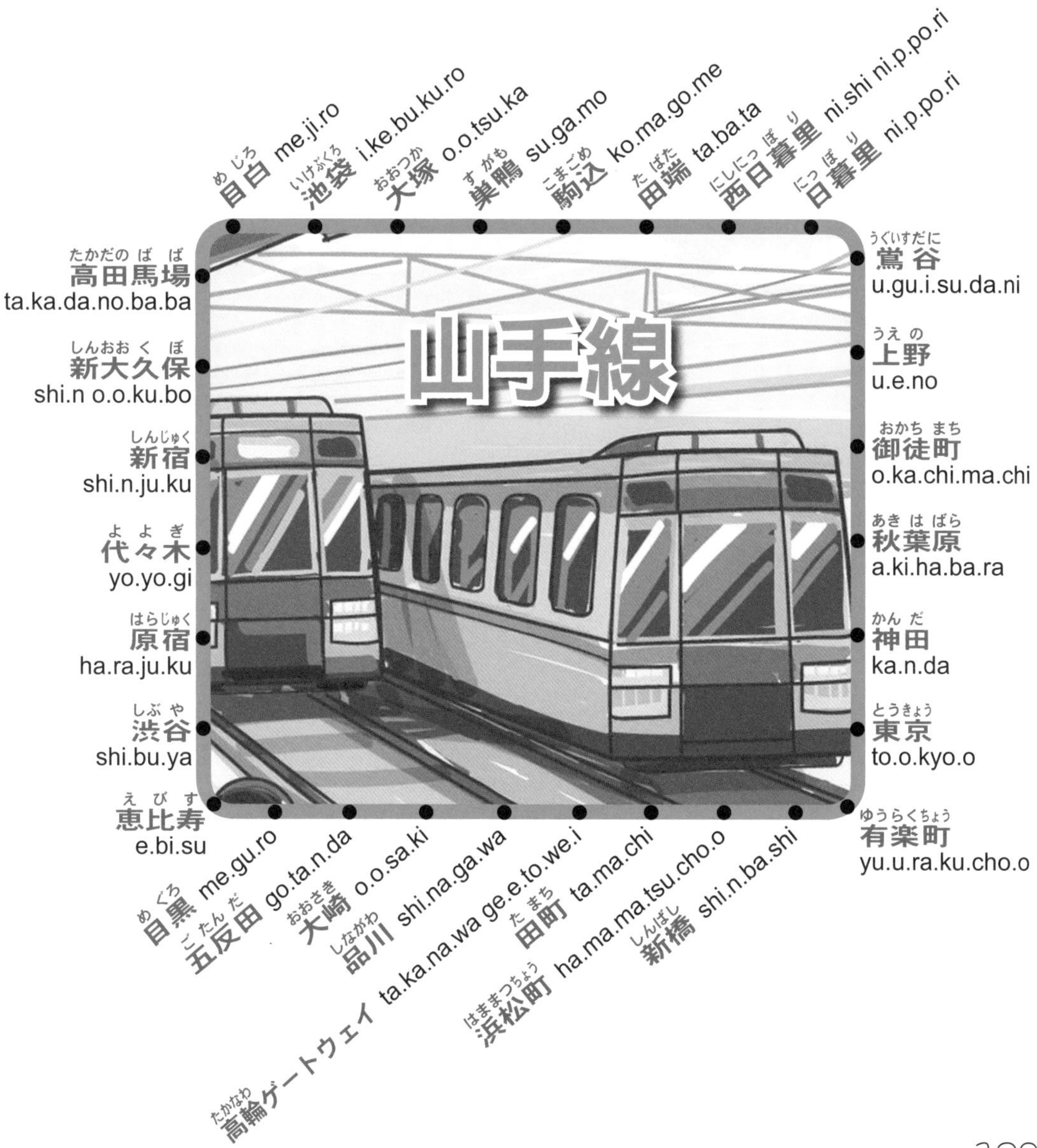

橫濱電車路線圖

- ブルーライン（橫濱市營地下鐵-藍線）
- グリーンライン（橫濱市營地下鐵-綠線）
- みなとみらい線（港未來線）
- 相鉄本線、相鉄いずみ野線（相鐵泉野線）
- 金沢シーサイドライン（金澤海岸線）
- 根岸線、東海道本線、京浜東北線
- 東海道新幹線
- 京浜急行本線
- 東急田園都市線、東急東横線

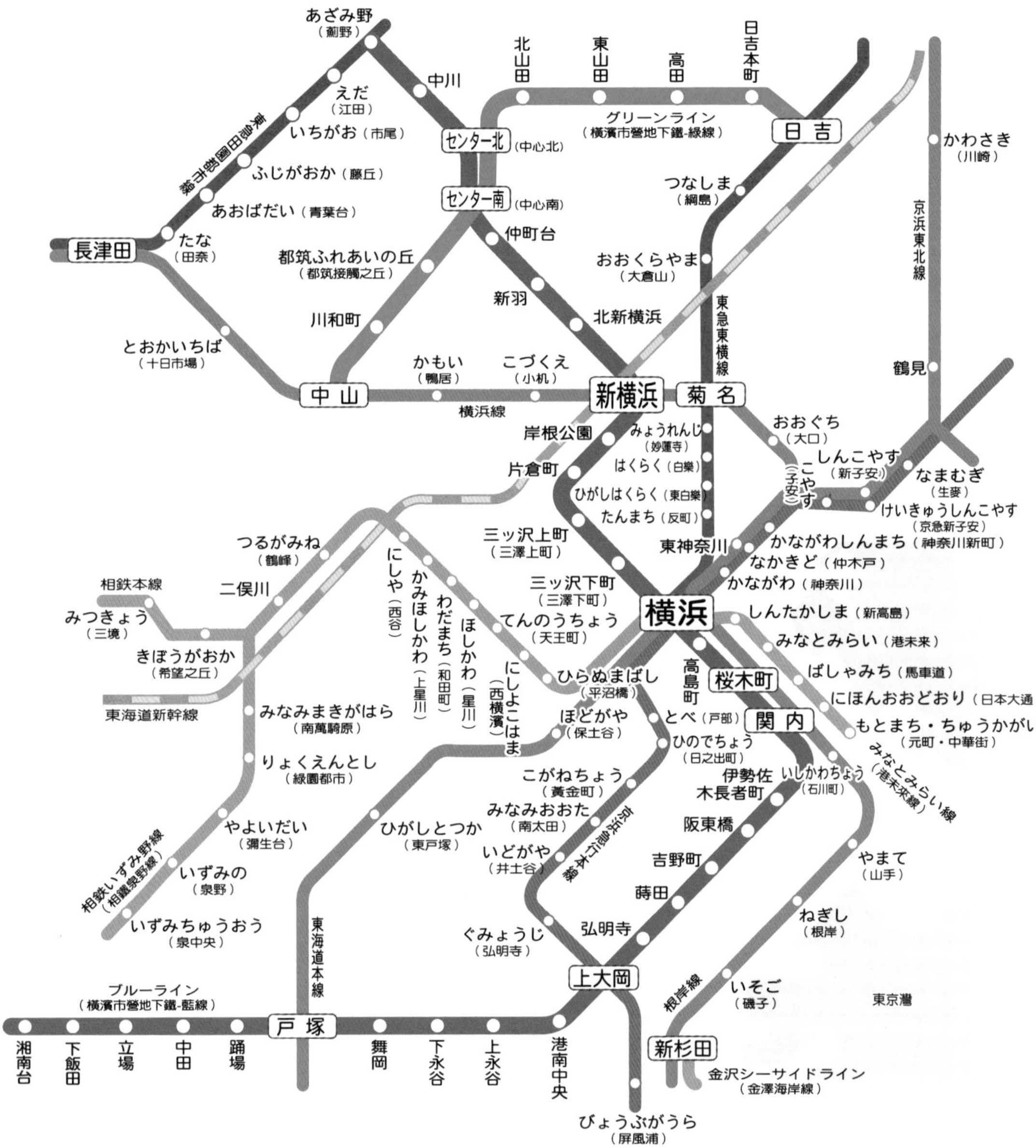

名古屋電車路線圖

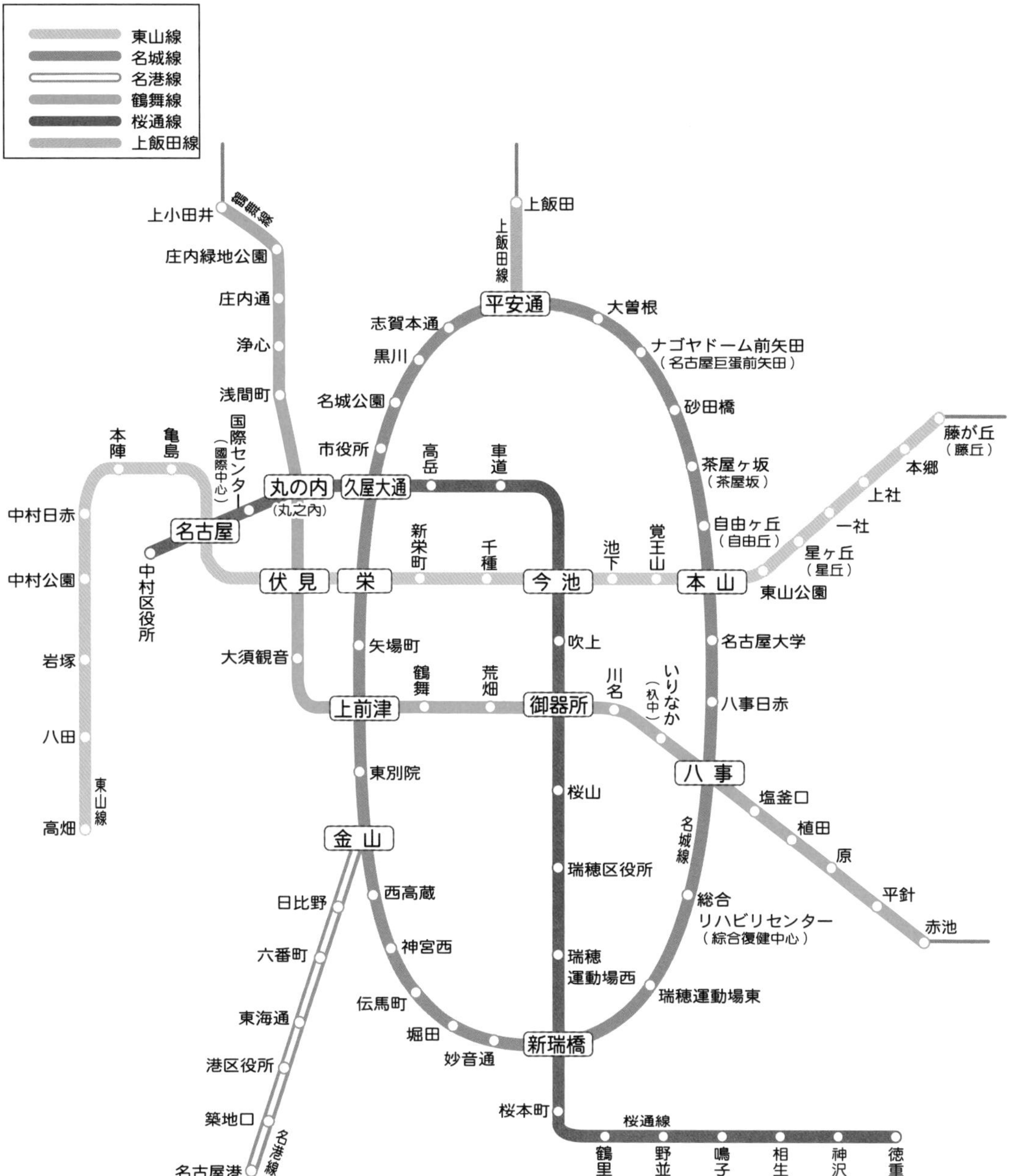

東山線
名城線
名港線
鶴舞線
桜通線
上飯田線
上小田井
鶴舞線
庄内緑地公園
庄内通
浄心
浅間町
上飯田
上飯田線
平安通
大曽根
志賀本通
黒川
ナゴヤドーム前矢田
(名古屋巨蛋前矢田)
名城公園
砂田橋
市役所
茶屋ヶ坂
(茶屋坂)
本陣
亀島
国際センター
(國際中心)
丸の内
(丸之內)
久屋大通
高岳
車道
藤が丘
(藤丘)
本郷
上社
一社
星ヶ丘
(星丘)
自由ヶ丘
(自由丘)
中村日赤
名古屋
中村区役所
新栄町
千種
池下
覚王山
伏見
栄
今池
本山
東山公園
中村公園
吹上
名古屋大学
矢場町
大須観音
岩塚
鶴舞
荒畑
川名
いりなか
(杁中)
上前津
御器所
八事日赤
八田
東別院
八事
塩釜口
植田
原
平針
赤池
東山線
高畑
金山
名城線
西高蔵
桜山
瑞穂区役所
日比野
総合リハビリセンター
(綜合復健中心)
六番町
神宮西
瑞穂運動場西
瑞穂運動場東
伝馬町
東海通
堀田
妙音通
新瑞橋
港区役所
桜本町
桜通線
築地口
名港線
名古屋港
鶴里
野並
鳴子北
相生山
神沢
徳重

京都電車路線圖

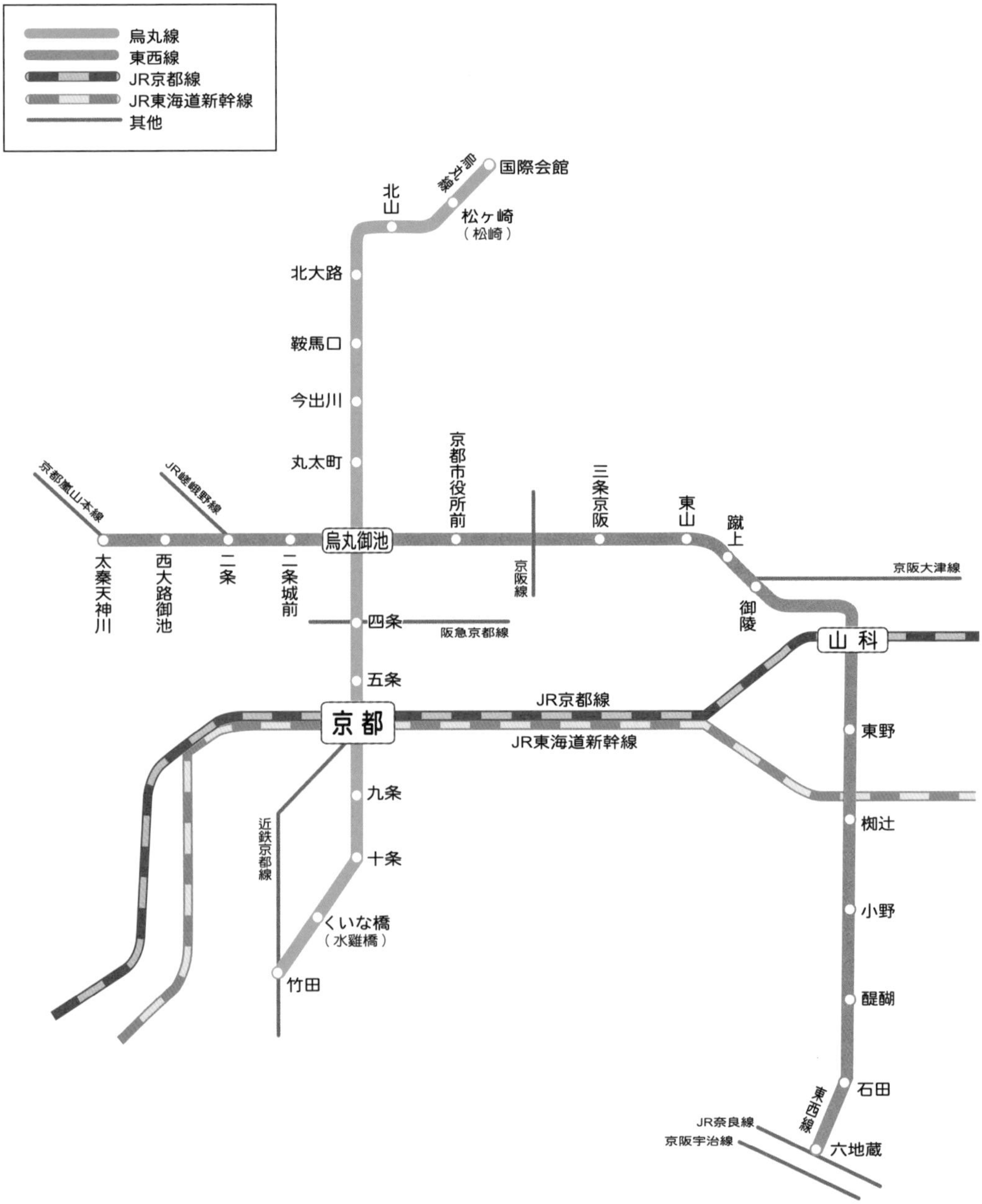
烏丸線
東西線
JR京都線
JR東海道新幹線
其他
國際会館
烏丸線
松ヶ崎
（松崎）
北山
北大路
鞍馬口
今出川
丸太町
京都市役所前
三条京阪
東山
蹴上
京阪大津線
御陵
京阪線
京都嵐山本線
JR嵯峨野線
太秦天神川
西大路御池
二条
二条城前
烏丸御池
四条
阪急京都線
五条
山科
JR京都線
京都
JR東海道新幹線
東野
九条
椥辻
近鉄京都線
十条
くいな橋
（水雞橋）
竹田
小野
醍醐
石田
東西線
JR奈良線
京阪宇治線
六地蔵

大阪電車路線圖

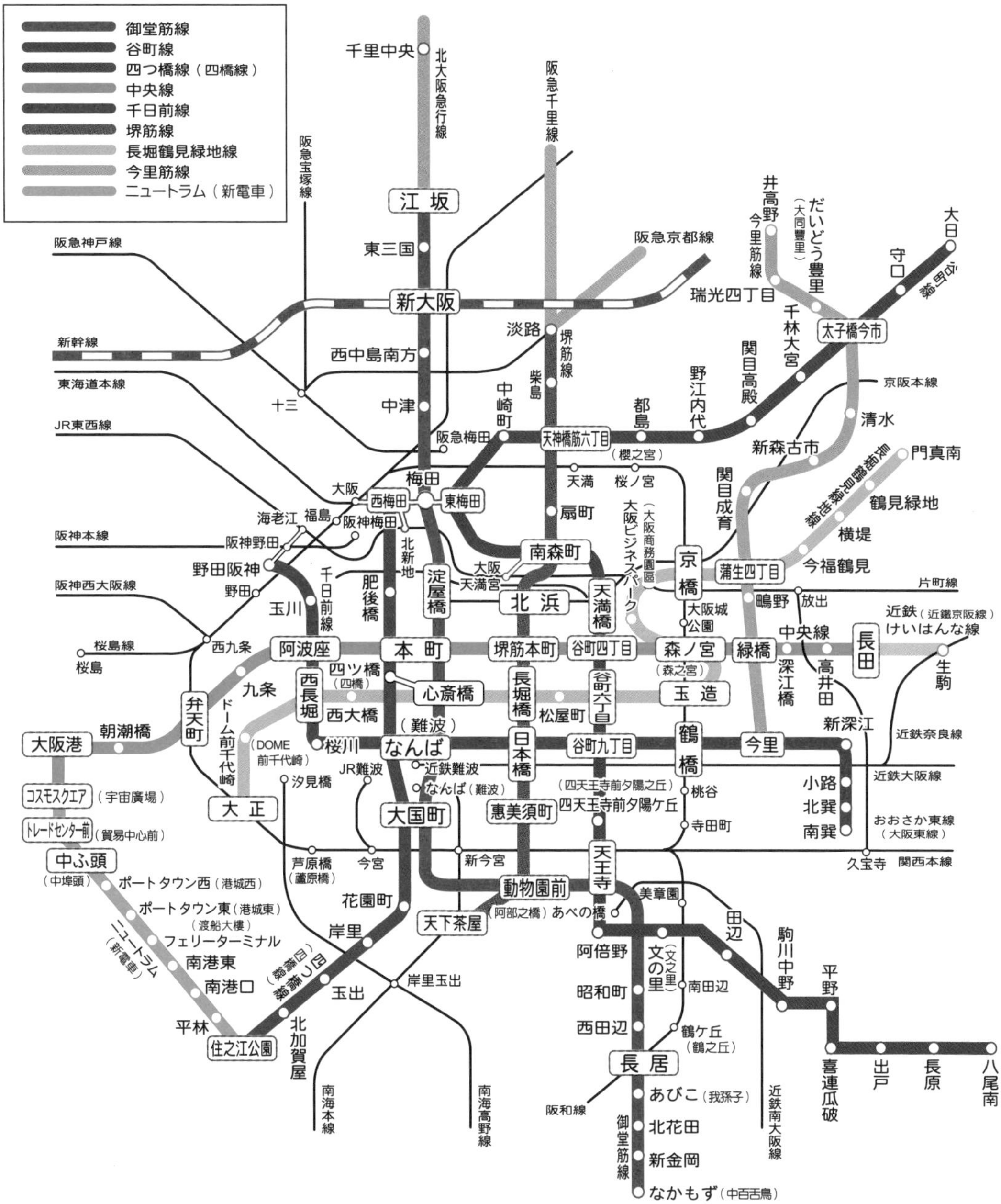

御堂筋線
谷町線
四つ橋線（四橋線）
中央線
千日前線
堺筋線
長堀鶴見緑地線
今里筋線
ニュートラム（新電車）
千里中央
北大阪急行線
阪急千里線
阪急宝塚線
江坂
東三国
新大阪
阪急神戸線
阪急京都線
新幹線
西中島南方
東海道本線
十三
中津
JR東西線
淡路
堺筋線
柴島
井高野
今里筋線
だいどう豊里
（大同豐里）
瑞光四丁目
大日
守口
太子橋今市
千林大宮
関目高殿
野江内代
都島
中崎町
天神橋筋六丁目
（櫻之宮）
京阪本線
清水
新森古市
門真南
阪急梅田
天満
桜ノ宮
梅田
大阪
西梅田
東梅田
海老江
福島
阪神梅田
阪神本線
阪神野田
扇町
関目成育
鶴見緑地
横堤
今福鶴見
大阪ビジネスパーク
（大阪商務園區）
北新地
南森町
京橋
蒲生四丁目
片町線
野田阪神
大阪
天満宮
千日前線
肥後橋
淀屋橋
北浜
天満橋
鴫野
放出
阪神西大阪線
野田
玉川
大阪城
公園
近鉄（近鐵京阪線）
けいはんな線
中央線
桜島線
桜島
西九条
阿波座
本町
堺筋本町
谷町四丁目
森ノ宮
（森之宮）
緑橋
長田
四ツ橋
（四橋）
生駒
西長堀
心斎橋
玉造
深江橋
高井田
九条
西大橋
長堀橋
谷町六丁目
松屋町
新深江
弁天町
ドーム前千代崎
（DOME前千代崎）
（難波）
大阪港
朝潮橋
桜川
なんば
日本橋
谷町九丁目
鶴橋
今里
近鉄奈良線
近鉄難波
JR難波
汐見橋
なんば（難波）
（四天王寺前夕陽之丘）
四天王寺前夕陽ケ丘
桃谷
近鉄大阪線
小路
北巽
南巽
コスモスクエア
（宇宙廣場）
大正
大国町
恵美須町
トレードセンター前
（貿易中心前）
寺田町
おおさか東線
（大阪東線）
中ふ頭
（中埠頭）
芦原橋
（蘆原橋）
今宮
新今宮
天王寺
久宝寺
関西本線
ポートタウン西（港城西）
動物園前
美章園
ポートタウン東（港城東）
（渡船大樓）
花園町
（阿部之橋）あべの橋
田辺
天下茶屋
駒川中野
ニュートラム（新電車）
フェリーターミナル
岸里
阿倍野
文の里
（文之里）
平野
南港東
四つ橋線（四橋線）
南港口
玉出
岸里玉出
南田辺
昭和町
平林
西田辺
鶴ケ丘
（鶴之丘）
住之江公園
北加賀屋
長居
喜連瓜破
出戸
長原
八尾南
あびこ（我孫子）
阪和線
南海本線
南海高野線
御堂筋線
北花田
近鉄南大阪線
新金岡
なかもず（中百舌鳥）

福岡電車路線圖

- 空港線
- 箱崎線
- 七隈線
- 西鉄貝塚線
- JR筑肥線
- 西鉄天神大牟田線

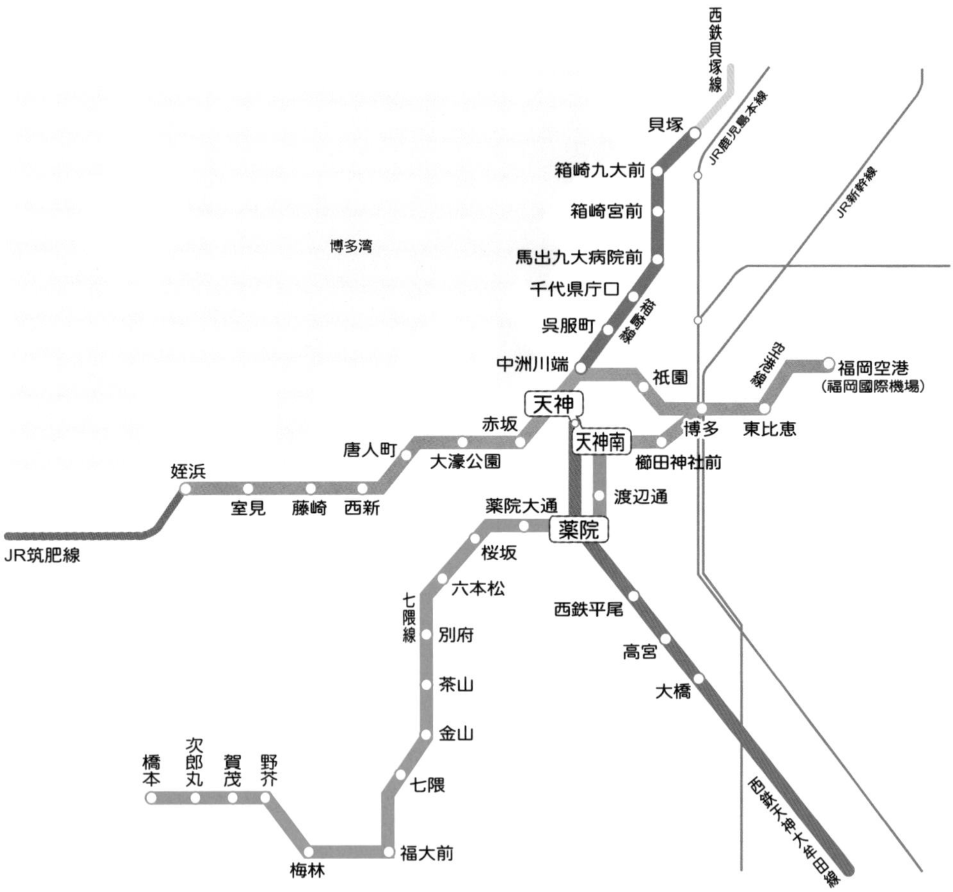

札幌電車路線圖

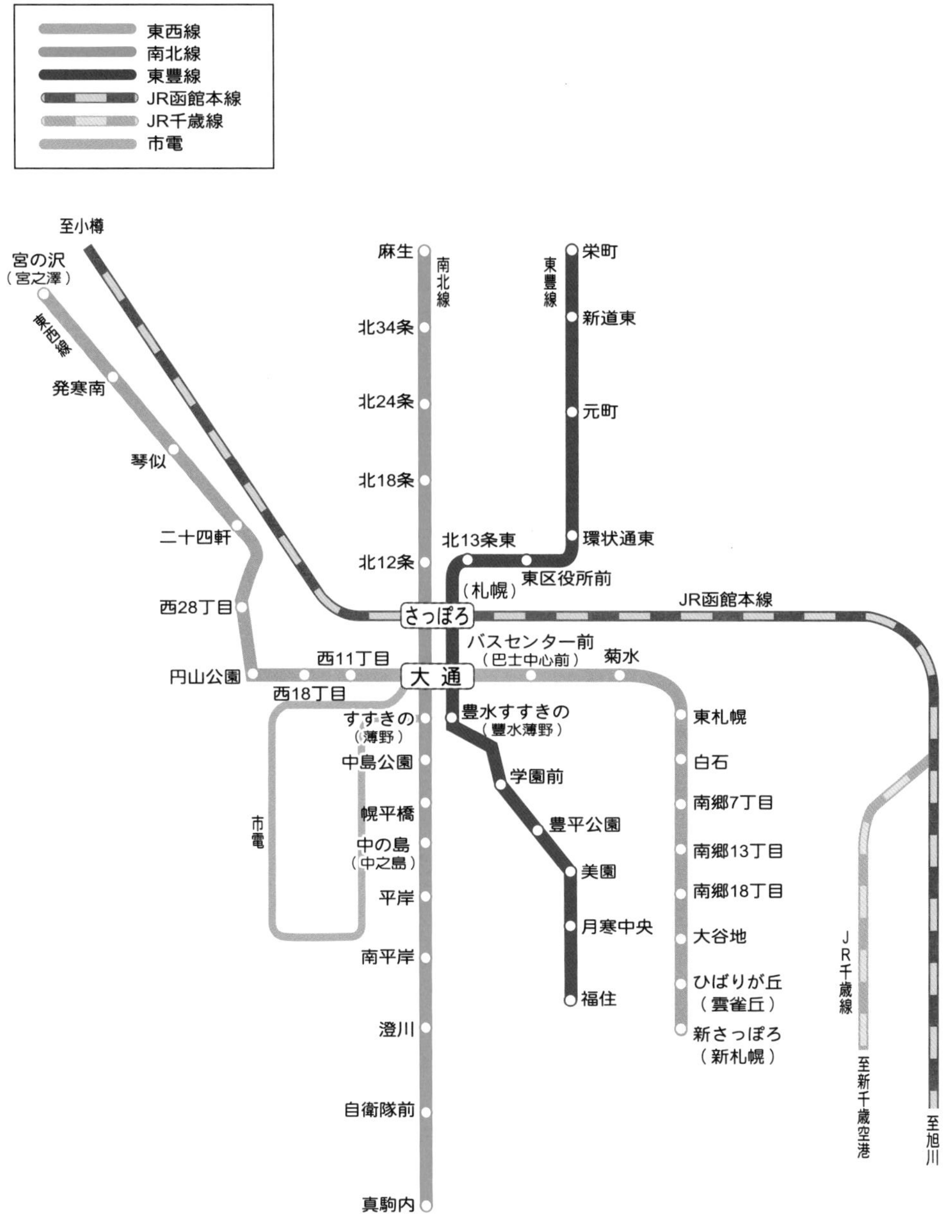
東西線
南北線
東豐線
JR函館本線
JR千歳線
市電
至小樽
宮の沢
（宮之澤）
東西線
發寒南
琴似
二十四軒
西28丁目
円山公園
西18丁目
西11丁目
大通
バスセンター前
（巴士中心前）
菊水
東札幌
白石
南郷7丁目
南郷13丁目
南郷18丁目
大谷地
ひばりが丘
（雲雀丘）
新さっぽろ
（新札幌）
麻生
南北線
北34条
北24条
北18条
北12条
さっぽろ
（札幌）
すすきの
（薄野）
中島公園
幌平橋
中の島
（中之島）
平岸
南平岸
澄川
自衛隊前
真駒内
市電
栄町
東豐線
新道東
元町
環状通東
北13条東
東区役所前
豊水すすきの
（豐水薄野）
学園前
豊平公園
美園
月寒中央
福住
JR函館本線
至旭川
JR千歳線
至新千歳空港

導遊報料！

在日本不吃太可惜的美食

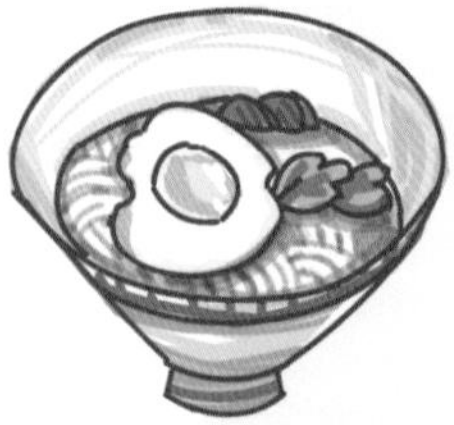

おでん < o.de.n > 關東煮	(はっぴゃくななじゅうえん) 870円
月見(つきみ)うどん < tsu.ki.mi u.do.n > 月見烏龍麵	(よんひゃくはちじゅうえん) 480円
とんかつ < to.n.ka.tsu > 炸豬排	(せんにひゃくえん) 1200円
牛丼(ぎゅうどん) < gyu.u.do.n > 牛丼、牛肉蓋飯	(ごひゃくはちじゅうえん) 580円
親子丼(おやこどん) < o.ya.ko.do.n > 親子丼、雞肉雞蛋蓋飯	(ななひゃくにじゅうえん) 720円
天丼(てんどん) < te.n.do.n > 天丼、天婦羅蓋飯	(せんさんびゃくえん) 1300円
うな丼(どん) < u.na.do.n > 鰻魚丼、鰻魚蓋飯	(せんはっぴゃくごじゅうえん) 1850円
かつ丼(どん) < ka.tsu.do.n > 炸豬排丼、炸豬排蓋飯	(せん えん) 1000円
海鮮丼(かいせんどん) < ka.i.se.n.do.n > 海鮮丼、海鮮蓋飯	(せんななひゃくさんじゅうえん) 1730円
納豆(なっとう) < na.t.to.o > 納豆	(きゅうじゅうえん) 90円
梅干(うめぼ)し < u.me.bo.shi > 梅干	(じゅうよえん) 14円

お茶(ちゃ)漬(づ)け ごひゃくななじゅうえん 570円

< o.cha.zu.ke > 茶泡飯

肉(にく)じゃが < ni.ku.ja.ga > 馬鈴薯燉肉 ろっぴゃくにじゅうえん 620円

エビフライ定食(ていしょく) せんごひゃくはちじゅうえん 1580円

< e.bi.fu.ra.i te.e.sho.ku > 炸蝦定食

お好(この)み焼(や)き < o.ko.no.mi.ya.ki > 什錦燒、大阪燒 ななひゃくろくじゅうえん 760円

たこ焼(や)き < ta.ko.ya.ki > 章魚燒 よんひゃくごじゅうえん 450円

しゃぶしゃぶ < sha.bu.sha.bu > 涮涮鍋 よんせんはっぴゃくえん 4800円

すき焼(や)き < su.ki.ya.ki > 壽喜燒 ごせんさんびゃくはちじゅうえん 5380円

カレーライス < ka.re.e.ra.i.su > 咖哩飯 ななひゃくごじゅうえん 750円

オムライス < o.mu.ra.i.su > 蛋包飯 はっぴゃくさんじゅうえん 830円

コロッケ < ko.ro.k.ke > 可樂餅 はちじゅうはちえん 88円

グラタン < gu.ra.ta.n > 焗烤通心麵 ななひゃくえん 700円

チキンドリア < chi.ki.n do.ri.a > 雞肉焗烤飯 きゅうひゃくろくじゅうえん 960円

抹茶(まっちゃ)アイス < ma.c.cha a.i.su > 抹茶冰淇淋 さんびゃくろくじゅうえん 360円

導遊報馬仔！

日本棒球小常識

日本的職業棒球分為「セ・リーグ」（中央聯盟）和「パ・リーグ」（太平洋聯盟）兩個聯盟，共有十二支球隊。這兩個聯盟的球隊，平時各自比賽，但是每年十月前後，會舉辦一年一度的日本職業總冠軍賽，爭奪「日本一（にほんいち）」（日本第一）的頭銜。如果想到日本看職棒，先學會以下有關棒球的基本單字吧！

球隊成員

ピッチャー
< pi.c.cha.a > 投手

キャッチャー
< kya.c.cha.a > 捕手

ファースト
< fa.a.su.to > 一壘；一壘手

セカンド
< se.ka.n.do > 二壘；二壘手

サード
< sa.a.do > 三壘；三壘手

ショート
< sho.o.to > 游擊手

ライト
< ra.i.to > 右外野；右外野手

センター
< se.n.ta.a > 中堅手；中外野手

レフト
< re.fu.to > 左外野；左外野手

バッター
< ba.t.ta.a > 打者

かんとく
監督
< ka.n.to.ku > 總教練

しんぱん
審判
< shi.n.pa.n > 裁判

比賽術語

アウト
< a.u.to > 出局

セーフ
< se.e.fu > 安全上壘

ファウル
< fa.a.ru > 界外球

ホームラン
< ho.o.mu.ra.n > 全壘打

ヒット
< hi.t.to > 安打

ストライク
< su.to.ra.i.ku > 好球

ボール
< bo.o.ru > 壞球

美國大聯盟的外國明星

おうけんみん
王建民
< o.o ke.n.mi.n > 王建民

すずき いちろう
イチロー（鈴木一朗）
< i.chi.ro.o > 鈴木一朗

の も ひで お
野茂英雄
< no.mo hi.de.o > 野茂英雄

おおたにしょうへい
大谷翔平
< o.o.ta.ni sho.o.he.e > 大谷翔平

まつ い ひで き
松井秀喜
< ma.tsu.i hi.de.ki > 松井秀喜

まつざかだいすけ
松坂大輔
< ma.tsu.za.ka da.i.su.ke > 松坂大輔

セ・リーグ（セントラル・リーグ）
中央聯盟

隊名	主場	所在地
読売(よみうり)ジャイアンツ 讀賣巨人隊	東京(とうきょう)ドーム 東京巨蛋	東京(とうきょう)
中日(ちゅうにち)ドラゴンズ 中日龍	バンテリンドーム ナゴヤ 萬特利巨蛋名古屋	名古屋(なごや)
阪神(はんしん)タイガース 阪神虎	阪神甲子園球場(はんしんこうしえんきゅうじょう) 阪神甲子園球場	大阪(おおさか)
広島東洋(ひろしまとうよう)カープ 廣島東洋鯉魚	MAZDA Zoom-Zoom スタジアム広島(ひろしま) 馬自達球場	広島(ひろしま)
東京(とうきょう)ヤクルトスワローズ 東京養樂多燕子	明治神宮野球場(めいじじんぐうやきゅうじょう) 明治神宮棒球場	東京(とうきょう)
横浜(よこはま)DeNAベイスターズ 橫濱灣星	横浜(よこはま)スタジアム 橫濱球場	横浜(よこはま)

パ・リーグ（パシフィック・リーグ）
太平洋聯盟

隊名	主場	所在地
埼玉西武(さいたませいぶ)ライオンズ 埼玉西武獅	**ベルーナドーム** Belluna巨蛋	**埼玉(さいたま)**
福岡(ふくおか)ソフトバンクホークス 福岡軟體銀行鷹	**みずほPayPayドーム福岡(ふくおか)** 福岡PayPay巨蛋	**福岡(ふくおか)**
オリックス・バファローズ 歐力士野牛	**京(きょう)セラドーム大阪(おおさか)** 京瓷巨蛋大阪	**大阪(おおさか)**
千葉(ちば)ロッテマリーンズ 千葉羅德海洋	**ZOZOマリンスタジアム** ZOZO海洋球場	**千葉(ちば)**
北海道日本(ほっかいどうにっぽん)ハムファイターズ 北海道日本鬥士	**エスコン フィールド HOKKAIDO** ES CON FIELD HOKKAIDO	**北海道(ほっかいどう)**
東北楽天(とうほくらくてん)ゴールデンイーグルス 東北樂天金鷹	**楽天(らくてん)モバイルパーク宮城(みやぎ)** 宮城樂天移動公園	**仙台(せんだい)**

導遊報路！

日本的祭典

日本是一個熱愛祭典的民族，每年大大小小的祭典合起來，不下數百個，建議您在每次赴日旅遊前，都能夠先上網輸入關鍵字「日本の祭一覧」，查詢自己要去的地方何時會舉辦祭典，如此一來，旅程會更有收穫喔！以下介紹幾個日本知名祭點：

青森市 青森ねぶた祭り（青森佞武多祭）

地點　青森縣青森市

舉辦時間　每年八月二日～七日

交通　JR「青森」站下車

特色

「青森佞武多祭」在一九八〇年，被日本指定為「國家重要無形民俗文化財產」。一年一次為期六天的這個祭典裡，每天都擁入五十萬以上的人潮。

此祭典最大的特色，就是在活動進行時，街道上隨處可見宏偉壯觀、氣勢非凡、美輪美奐、有如藝術品般的「立體燈籠花車」。來到此地，若能租件祭典用的專用浴衣，一邊喊著「ラッセラーラッセラー」（< ra.s.se.ra.a ra.s.se.ra.a >；此祭典之口號，有打起精神、加油之意），一邊跟著遊行，絕對能創造出難忘的夏日回憶。

仙台市 仙台七夕まつり（仙台七夕祭）

地點　宮城縣仙台市

舉辦時間　每年八月六日～八日

交通　JR「仙台」站下車

特色

日本東北地區有三大祭典，分別是青森

縣的「青森佞武多祭」、宮城縣的「仙台七夕祭」、以及秋田縣的「竿燈祭」。其中以較為靜態的「仙台七夕祭」吸引最多人潮，單日拜訪人數高達七十萬人以上。

此祭典的由來，顧名思義，一開始是為了祭拜牛郎與織女星。現在最大的特色，則是在活動前一天，也就是八月五日晚上，會發放一萬發以上的煙火，照亮整個夜空，宣告歡樂的祭典就要開始。而為期三天的祭典，商店街高掛著三千枝的巨型綠竹，上面綁著七彩繽紛的裝飾，每當清風吹來，綠竹上的流蘇隨著飄動，真是美不勝收。

東京都　浅草三社祭（淺草三社祭）

地點　東京都台東區淺草神社

舉辦時間　每年五月第三週的星期五、六、日

交通　東京都地下鐵「淺草」站下車

特色

「三社祭」是每年五月第三週的週五到週日，在東京都台東區淺草神社舉辦的祭典，正式名稱為「淺草神社例大祭」。

短短三天的活動中，大約會有二百萬人慕名前來共襄盛舉。而活動中最熱鬧的，莫過於「抬神轎」活動了。在那一天，淺草的每一個町會，會抬自己的神轎在街上遊行，接著搶攻淺草寺，好不熱鬧。看著水洩不通的人潮、抬著轎子的熱情江戶男兒、穿著祭典服飾的男女老少，您會發現另一個與眾不同的東京。

京都市　祇園祭り（祇園祭）

地點　京都府京都市祇園町八坂神社

舉辦時間　每年七月一日～三十一日

交通　JR「京都」站下車

特色

「祇園祭」是京都八坂神社的祭典，它是京都三大祭典之一。

此祭典據說源自於西元八六九年，當時由於到處都是瘟疫，所以居民請出神祇在市內巡行，藉以祈求人民平安健康。時至今日，祭典依然維持傳統，而活動中最值得一看的，就屬「山鉾（祭典神轎）巡行」了。在巡行過程中，山鉾數次九十度大轉彎的驚險與刺激，帶給遊客無數的高潮和驚喜。

福岡市　博多祇園山笠（博多祇園山笠）

地點　福岡縣福岡市博多區

舉辦時間　每年七月一日～十五日

交通　JR「博多」站下車

特色

已有七百年歷史的「博多祇園山笠」，正式名稱為「櫛田神社祇園例大祭」，現已被日本政府指定為國家無形民俗文化財產。

此祭典一開始，也是因為當時到處都是瘟疫，所以舉辦神祇巡行活動，藉以消災解厄。如今這個活動，不但祈求眾人平安健康，也成了當地居民一年一度最重要的盛會。在活動當中，被稱為「山笠」的巡行神轎豪華壯麗，幾乎要幾十位壯漢才抬得動。當神轎巡行時，架勢十足，聲勢浩大，教人震撼不已。

導遊小報告！

日本的節日

儘管日本給人的印象是熱愛工作的民族，好像全年無休，但事實上，日本的國定假日可不少呢！

日本的國定假日合起來大約有二十天，再加上週休二日制，以及國定假日遇到週六和週日也一定會補休，所以一年裡有好幾個時段，一定會遇到大連假。在此提醒親愛的讀者，可以參考以下的整理，設定出國的時間，免得人擠人喔！

一月～三月的國定假日

● 元日（がんじつ）

一月一日　元旦

日本的過年。為了迎接神明，日本人會在家門上裝飾年松，並享用在除夕夜（十二月三十一日）之前就準備好的涼涼的年菜。此外，也會到神社或寺廟做「初詣（はつもうで）」（新年首次參拜）。

● 成人の日（せいじん　ひ）

一月的第二個星期一　成人之日

為慶祝年滿二十歲的青年男女長大成人的節日。期盼藉由這個節日，提醒他們已經成年，希望他們能夠自己克服困難。如果這一天到日本玩，可以在街上看到很多二十歲的女孩子們，穿著華麗和服的可愛模樣哦！

● 建国記念の日（けんこくきねん　ひ）

二月十一日　建國紀念日

日本神武天皇即位的日子。希望藉由這個日子，提升日本國民的愛國心。

● 天皇誕生日（てんのうたんじょうび）

二月二十三日　天皇誕生日

現任「德仁」天皇的生日。

● 春分の日（しゅんぶん　ひ）

三月十九日到二十二日的其中一天

春分之日

春分，即晝夜一樣長的日子。

四月～六月的國定假日

● 昭和の日（しょうわ　ひ）

四月二十九日　昭和之日

日本昭和天皇的誕生日。期盼大家藉由這個日子，緬懷讓日本一躍成為強國的昭和時代，並為國家的未來而努力。

● 憲法記念日（けんぽうきねんび）

五月三日　憲法紀念日

日本立憲的紀念日。

● みどりの日（ひ）

五月四日　綠之日

希望大家親近自然、並愛護自然的節日。

● こどもの日（ひ）

五月五日　兒童節

五月五日原為日本的端午節，是祈願男孩成長的日子，現在則改稱兒童節。在這一天，家裡有男孩的家庭，會掛上「鯉（こい）のぼり」（鯉魚旗）。看到許許多多的鯉魚旗在新綠下迎風招展，好不開心。

七月～九月的國定假日

● 海(うみ)の日(ひ)

七月的第三個星期一　海之日

感謝海洋賜予人類的恩惠，並期盼以海洋立國的日本永遠興盛的節日。

● 山(やま)の日(ひ)

八月十一日　山之日

讓國民有更多機會親近山林、感謝山林所提供的恩惠。

● 敬老(けいろう)の日(ひ)

九月的第三個星期一　敬老節

希望大家尊敬老年人、並祝福他們長壽的節日。在這一天，有老年人的家庭，多會聚餐或送上賀禮。

● 秋分(しゅうぶん)の日(ひ)

九月二十二日到二十四日的其中一天

秋分之日

秋分，即晝夜一樣長的日子。

十月～十二月的國定假日

● スポーツの日(ひ)

十月的第二個星期一　運動節

日本將「鼓勵大家多運動、培養身心健康」的運動節，訂在秋高氣爽、最適合運動的秋天。每年到了這個時候，不只是學校，連各町、各區也會舉辦運動會，加油聲此起彼落，好不熱鬧！

● 文化(ぶんか)の日(ひ)

十一月三日　文化之日

希望日本國人愛惜自由與和平，並促進文化的日子。

● 勤労感謝(きんろうかんしゃ)の日(ひ)

十一月二十三日　勤勞感謝之日

尊敬勤勞者、感謝生產者的節日。

日本三大連休假期

● ゴールデンウィーク

四月底五月初　黃金週

從四月底的「昭和之日」，到五月初的「憲法紀念日」、「綠之日」、「兒童節」都是國定假日，再加上週末和週日，所以往往有一個星期以上的連續假期，也無怪乎被稱為Golden week（黃金週）了。

● お盆(ぼん)

八月十五日前後　盂蘭盆節

八月十五日前後的「盂蘭盆節」是日本人迎接祖先亡靈、祈求闔家平安繁榮的傳統節慶，雖不是國定假日，但是有「お盆休(ぼんやす)み」（盂蘭盆節假期）的公司很多，所以到處都是返鄉的人潮。

● 年末年始(ねんまつねんし)

十二月二十九日～一月三日　年終與年初

日本的過年是國曆一月一日，十二月二十八日是公家機關「仕事納(しごとおさ)め」（工作終了）的日子，所以年假會從十二月二十九日開始，一直放到一月三日。若遇到週末、週日，假期也會跟著順延喔！

導遊報給你知！

實用日語教室

打招呼基本用語

はじめまして。
< ha.ji.me.ma.shi.te >
初次見面。

どうぞよろしく。
< do.o.zo yo.ro.shi.ku >
請多多指教。

おはようございます。
< o.ha.yo.o go.za.i.ma.su >
早安。

こんにちは。
< ko.n.ni.chi.wa >
午安。

こんばんは。
< ko.n.ba.n.wa >
晚安。

ありがとうございます。
< a.ri.ga.to.o go.za.i.ma.su >
謝謝。

どういたしまして。
< do.o i.ta.shi.ma.shi.te >
不客氣。

すみません。
< su.mi.ma.se.n >
對不起。

どうぞ。
< do.o.zo >
請。

さようなら。
< sa.yo.o.na.ra >
再見。

分(わ)かりません。
< wa.ka.ri.ma.se.n >
不知道。

いくらですか。
< i.ku.ra de.su ka >
多少錢呢？

數字

いち	に	さん	し/よん	ご
1	2	3	4	5
ろく	なな/しち	はち	きゅう	じゅう
6	7	8	9	10
にじゅう	さんじゅう	よんじゅう	ごじゅう	ろくじゅう
20	30	40	50	60
ななじゅう	はちじゅう	きゅうじゅう	ななじゅうさん	
70	80	90	73	
ひゃく	にひゃく	さんびゃく	よんひゃく	ごひゃく
100	200	300	400	500
ろっぴゃく	ななひゃく	はっぴゃく	きゅうひゃく	ごひゃくはちじゅういち
600	700	800	900	581
せん	に せん	さん ぜん	よん せん	ご せん
1000	2000	3000	4000	5000
ろく せん	なな せん	はっ せん	きゅう せん	せんきゅうひゃくはちじゅう
6000	7000	8000	9000	1980
いちまん	じゅうまん	ひゃくまん	いっせんまん	いちおく
1万	10万	100万	1千万	1億
にぶん いち	ごぶん さん			
2分の1	5分の3			

代換練習

わたし ： いくらですか。
wa.ta.shi i.ku.ra de.su ka
我 ： 多少錢呢？

てんいん　ごせんきゅうひゃくはちじゅうえん
店員 ： 5980円です。
te.n.i.n go.se.n.kyu.u.hya.ku.ha.chi.ju.u e.n de.su
店員 ： 五千九百八十日圓。

時間概念

年

いちねん 1年	にねん 2年	さんねん 3年	よねん 4年	ごねん 5年	ろくねん 6年
しちねん 7年	はちねん 8年	きゅうねん 9年	じゅうねん 10年	なんねん 何年	

月

いちがつ 1月	にがつ 2月	さんがつ 3月	しがつ 4月	ごがつ 5月	ろくがつ 6月	しちがつ 7月
はちがつ 8月	くがつ 9月	じゅうがつ 10月	じゅういちがつ 11月	じゅうにがつ 12月	なんがつ 何月	

日

ついたち 1日	ふつか 2日	みっか 3日	よっか 4日	いつか 5日	むいか 6日	なのか 7日
ようか 8日	ここのか 9日	とおか 10日	じゅういちにち 11日	じゅうににち 12日	じゅうさんにち 13日	じゅうよっか 14日
じゅうごにち 15日	じゅうろくにち 16日	じゅうしちにち 17日	じゅうはちにち 18日	じゅうくにち 19日	はつか 20日	にじゅういちにち 21日
にじゅうににち 22日	にじゅうさんにち 23日	にじゅうよっか 24日	にじゅうごにち 25日	にじゅうろくにち 26日	にじゅうしちにち 27日	にじゅうはちにち 28日
にじゅうくにち 29日	さんじゅうにち 30日	さんじゅういちにち 31日	なんにち 何日			

時

いちじ 1時	にじ 2時	さんじ 3時	よじ 4時	ごじ 5時	ろくじ 6時	しちじ 7時
はちじ 8時	くじ 9時	じゅうじ 10時	じゅういちじ 11時	じゅうにじ 12時	なんじ 何時	

分

いっぷん 1分	にふん 2分	さんぷん 3分	よんぷん 4分	ごふん 5分	ろっぷん 6分	ななふん 7分
はっぷん 8分	きゅうふん 9分	じゅっぷん 10分	じゅういっぷん 11分	にじゅっぷん 20分	さんじゅっぷん 30分	なんぷん 何分

數量詞

個

いっこ 1個	にこ 2個	さんこ 3個	よんこ 4個	ごこ 5個	ろっこ 6個
ななこ 7個	はっこ 8個	きゅうこ 9個	じゅっこ 10個	なんこ 何個 或 いくつ	

人

ひとり 1人	ふたり 2人	さんにん 3人	よにん 4人	ごにん 5人	ろくにん 6人
ななにん 7人	はちにん 8人	きゅうにん 9人	じゅうにん 10人	なんにん 何人	

杯

いっぱい 1杯	にはい 2杯	さんばい 3杯	よんはい 4杯	ごはい 5杯	ろっぱい 6杯
ななはい 7杯	はっぱい 8杯	きゅうはい 9杯	じゅっぱい 10杯	なんばい 何杯	

張 件

いちまい 1枚	にまい 2枚	さんまい 3枚	よんまい 4枚	ごまい 5枚	ろくまい 6枚
ななまい 7枚	はちまい 8枚	きゅうまい 9枚	じゅうまい 10枚	なんまい 何枚	

隻 瓶

いっぽん 1本	にほん 2本	さんぼん 3本	よんほん 4本	ごほん 5本	ろっぽん 6本
ななほん 7本	はっぽん 8本	きゅうほん 9本	じゅっぽん 10本	なんぼん 何本	

個

ひと 1つ	ふた 2つ	みっ 3つ	よっ 4つ	いつ 5つ	むっ 6つ
なな 7つ	やっ 8つ	ここの 9つ	とお 10	いくつ 或 なんこ 何個	

日語音韻表

〔清音〕

	あ段	い段	う段	え段	お段
あ行	あ ア a	い イ i	う ウ u	え エ e	お オ o
か行	か カ ka	き キ ki	く ク ku	け ケ ke	こ コ ko
さ行	さ サ sa	し シ shi	す ス su	せ セ se	そ ソ so
た行	た タ ta	ち チ chi	つ ツ tsu	て テ te	と ト to
な行	な ナ na	に ニ ni	ぬ ヌ nu	ね ネ ne	の ノ no
は行	は ハ ha	ひ ヒ hi	ふ フ fu	へ ヘ he	ほ ホ ho
ま行	ま マ ma	み ミ mi	む ム mu	め メ me	も モ mo
や行	や ヤ ya		ゆ ユ yu		よ ヨ yo
ら行	ら ラ ra	り リ ri	る ル ru	れ レ re	ろ ロ ro
わ行	わ ワ wa				を ヲ o
	ん ン n				

〔濁音・半濁音〕

が ガ ga	ぎ ギ gi	ぐ グ gu	げ ゲ ge	ご ゴ go
ざ ザ za	じ ジ ji	ず ズ zu	ぜ ゼ ze	ぞ ゾ zo
だ ダ da	ぢ ヂ ji	づ ヅ zu	で デ de	ど ド do
ば バ ba	び ビ bi	ぶ ブ bu	べ ベ be	ぼ ボ bo
ぱ パ pa	ぴ ピ pi	ぷ プ pu	ぺ ペ pe	ぽ ポ po

〔拗音〕

きゃ キャ kya	きゅ キュ kyu	きょ キョ kyo	しゃ シャ sha	しゅ シュ shu	しょ ショ sho
ちゃ チャ cha	ちゅ チュ chu	ちょ チョ cho	にゃ ニャ nya	にゅ ニュ nyu	にょ ニョ nyo
ひゃ ヒャ hya	ひゅ ヒュ hyu	ひょ ヒョ hyo	みゃ ミャ mya	みゅ ミュ myu	みょ ミョ myo
りゃ リャ rya	りゅ リュ ryu	りょ リョ ryo	ぎゃ ギャ gya	ぎゅ ギュ gyu	ぎょ ギョ gyo
じゃ ジャ ja	じゅ ジュ ju	じょ ジョ jo	びゃ ビャ bya	びゅ ビュ byu	びょ ビョ byo
ぴゃ ピャ pya	ぴゅ ピュ pyu	ぴょ ピョ pyo			

國家圖書館出版品預行編目資料

旅遊日語，帶這本就夠了！ / こんどうともこ、王愿琦著
-- 初版 -- 臺北市：瑞蘭國際, 2024.06
160面；17 × 23公分 --（元氣日語系列；49）
ISBN：978-626-7473-25-2（平裝）
1.CST：日語 2.CST：旅遊 3.CST：會話

803.188 113007861

元氣日語系列 49

旅遊日語，帶這本就夠了！

作者｜こんどうともこ、王愿琦
責任編輯｜葉仲芸、王愿琦
校對｜こんどうともこ、葉仲芸、王愿琦

日語錄音｜今泉江利子、吉岡生信
錄音室｜不凡數位錄音室、純粹錄音後製有限公司
封面設計｜劉麗雪
版型設計、內文排版｜陳如琪
美術插畫｜戚心偉・電車路線繪圖｜張芝瑜、陳如琪

瑞蘭國際出版
董事長｜張暖彗・社長兼總編輯｜王愿琦
編輯部
副總編輯｜葉仲芸・主編｜潘治婷
設計部主任｜陳如琪
業務部
經理｜楊米琪・主任｜林湲洵・組長｜張毓庭

出版社｜瑞蘭國際有限公司・地址｜台北市大安區安和路一段104號7樓之1
電話｜(02)2700-4625・傳真｜(02)2700-4622・訂購專線｜(02)2700-4625
劃撥帳號｜19914152 瑞蘭國際有限公司
瑞蘭國際網路書城｜www.genki-japan.com.tw

法律顧問｜海灣國際法律事務所　呂錦峯律師

總經銷｜聯合發行股份有限公司・電話｜(02)2917-8022、2917-8042
傳真｜(02)2915-6275、2915-7212・印刷｜科億印刷股份有限公司
出版日期｜2024年06月初版1刷・定價｜450元・ISBN｜978-626-7473-25-2

瑞蘭國際

瑞蘭國際

瑞蘭國際

瑞蘭國際